AMANECER NEGRO

AMANECER NEGRO

L. J. Smith

Traducción de Gemma Gallart

Obra editada en colaboración con Editorial Planeta – España

Título original: *Night World. Black Dawn*

© 1997, L. J. Smith
© 2011, Gemma Gallart, de la traducción
© Getty ImagesShutterstock, de la fotografía de portada
© 2010, Editorial Planeta S. A. – Barcelona, España

Derechos reservados

© 2011, Editorial Planeta Mexicana, S.A. de C. V.
Bajo el sello editorial DESTINO M.R.
Avenida Presidente Masarik núm. 111, 2o. piso
Colonia Chapultepec Morales
C.P. 11570 México, D.F.
www.editorialplaneta.com.mx

Primera edición impresa en España: abril de 2011
ISBN: 978-84-08-10008-9

Primera edición impresa en México: agosto de 2011
ISBN: 978-607-07-0807-7

Impreso en los talleres de Litográfica Ingramex, S.A. de C.V.
Centeno núm. 162, colonia Granjas Esmeralda, México, D.F.
Impreso en México – *Printed in Mexico*

EL AMOR NO HA SIDO NUNCA TAN PELIGROSO

Night World no es un lugar, es una especie de sociedad se-
creta a la que pertenecen las criaturas de la noche. Un mundo
que está a nuestro alrededor aunque nosotros no lo veamos.
Las criaturas de Night World son hermosas, letales e irresisti-
bles para los humanos. Tu mejor amigo podría ser una de ellas;
quizá también lo sea aquella persona de la que te has enamo-
rado.

Las leyes de Night World son muy claras: los humanos jamás deben conocer su existencia, y sus miembros jamás deben
enamorarse de un humano. Viola las leyes y las consecuencias
serán aterradoras.

Éste es el relato de lo que sucede cuando se infringen las
normas.

Para Michael Penny
y Matthew Penny

A Maggie Neely la despertaron los chillidos de su madre.

Se había acostado como de costumbre: *Jake*, el gran danés, reposaba pesadamente sobre sus pies y los tres gatos habían competido por ocupar posiciones lo más cerca posible de su cabeza. Su mejilla descansaba sobre el libro abierto de geometría; había hojas con los deberes desperdigadas por entre las mantas, junto con trozos de papas fritas y una bolsa vacía. Llevaba puestos los jeans y la floreada parte superior de una pijama además de los dos únicos calcetines que había conseguido encontrar la noche anterior: uno corto de dubetina rojo y otro largo y holgado de algodón azul.

Aquellos calcetines significarían más tarde la diferencia entre la vida y la muerte para ella, pero en aquel momento Maggie no tenía ni idea de todo ello.

Simplemente estaba sobresaltada y desorientada porque la habían despertado tan de repente. Nunca antes había oído un grito así, y se preguntó cómo podía estar tan segura de que se trataba de su madre.

Algo... realmente horrible está sucediendo, comprendió lentamente. *Lo peor.*

El reloj de la mesilla de noche marcaba las 2.11 de la madrugada.

Y entonces, antes siquiera de que se diese cuenta de ello, estaba ya en movimiento, haciendo eses por el suelo del dormitorio, esquivando montones de ropa sucia y material de deporte con los que estuvo a punto de tropezar. Se golpeó la espinilla contra un bote de la basura situado en mitad de la habitación, pero siguió avanzando laboriosamente sin detenerse. Había poca luz en el pasillo, pero en la sala de estar situada al fondo la luz brillaba con intensidad y era de allí precisamente de donde procedían los gritos.

Jake avanzaba a su lado. Cuando llegaron al vestíbulo situado junto a la sala emitió una especie de gruñido a medio camino de un ladrido.

Maggie captó toda la escena de un vistazo. Fue uno de esos momentos en los que todo cambia para siempre.

La puerta de la calle estaba abierta, y por ella entraba el aire frío de una noche de noviembre en el estado de Washington. El padre de Maggie llevaba puesta una bata corta y sujetaba a la madre, que daba empujones y lo arañaba como si intentara desasirse, llorando sin aliento todo el tiempo. En la entrada había cuatro personas de pie: dos sheriffs, un guardabosque del parque nacional y Sylvia Weald.

Sylvia. La novia de su hermano Miles.

Y la comprensión la golpeó con la velocidad y la fuerza de un martillazo.

Mi hermano está muerto, pensó Maggie.

Junto a ella, *Jake* volvió a gruñir, pero Maggie sólo lo oyó como un rumor lejano. Nadie miró siquiera en dirección a ellos.

No puedo creer lo bien que estoy tomando esto, pensó Maggie. *Algo me sucede. No estoy nada histérica.*

La certeza había acudido a su mente con total nitidez, pero su cuerpo no mostraba ninguna reacción, no notaba ninguna pesadumbre horrible en el estómago. Al cabo de un instante, la barrió igual que una avalancha, exactamente lo que había temido. El flujo de adrenalina le provocó un hormigueo doloroso en la piel y una sensación terrible de vértigo en el estómago; el entumecimiento empezó en las mejillas y se extendió a los labios y la mandíbula.

¡Oh, por favor!, pensó estúpidamente. *Por favor, no permitas que sea cierto. A lo mejor sólo está herido. Eso estaría bien. Ha tenido un accidente y está herido... pero no muerto.*

Sin embargo, si estuviese herido su madre no seguiría allí de pie llorando a gritos, sino que estaría de camino al hospital y nadie podría detenerla. De modo que aquello no servía, y la mente de Maggie, corriendo de un lado a otro y dando vueltas a toda velocidad como un animalillo asustado, tuvo que regresar al «Por favor, no permitas que sea cierto».

Extrañamente, en aquel momento pareció como si pudiera existir algún modo de hacer que no fuese cierto. Si daba media vuelta y se escabullía de vuelta al dormitorio antes de que nadie la viese; si se metía en la cama, se cubría la cabeza con las mantas y cerraba los ojos...

Pero no podía dejar a su madre chillando de aquel modo.

Justo entonces los chillidos se apagaron un poco. Su padre hablaba con una voz que no parecía en absoluto su voz sino una especie de susurro ahogado.

—Pero ¿por qué no nos dijeron que iban a escalar? Si se marcharon en Halloween, han transcurrido ya seis días. Y nosotros ni siquiera sabíamos que nuestro hijo había desaparecido...

—Lo siento —Sylvia también susurraba—; no esperábamos estar fuera tanto tiempo. Los compañeros de piso de Miles sabían que íbamos a escalar, pero nadie más. Fue una decisión de último momento, así sin más; no teníamos clases porque era Halloween y el clima era tan bueno... Y entonces Miles dijo: «Oye, vamos a Chimney Rock». Y simplemente fuimos...

Oye, vamos. Miles acostumbraba a decirme esa clase de cosas, pensó Maggie con una punzada curiosa y aturdida. *Pero no desde que conoció a Sylvia.*

El sheriff miraba ahora al padre de Maggie.

—¿No les sorprendió no tener noticia alguna de su hijo desde el pasado viernes?

—No; se ha vuelto tan independiente desde que se marchó para ir a la universidad. Uno de sus compañeros de departamento ha telefoneado esta tarde para preguntar si Miles estaba aquí... pero no ha mencionado que Miles llevara casi una semana sin aparecer por allí. Pensé que había faltado a una clase o algo así... —La voz del padre de Maggie se apagó.

El sheriff asintió con la cabeza.

—Al parecer sus compañeros de departamento pensaron que se había tomado unas pequeñas vacaciones sin avisarles —dijo—. Se preocuparon lo suficiente como para llamarnos esta noche... pero para entonces un guardabosque ya había recogido a la chica.

Sylvia lloraba. Era alta pero esbelta, de aspecto frágil, delicado. Tenía unos cabellos brillantes tan pálidos que eran casi plateados y ojos claros del color exacto de la viola sororia. Maggie, que era baja y de rostro redondo y tenía cabellos rojizos como los de un zorro y ojos castaños, siempre la había envidiado.

Pero no entonces. Nadie podía mirar a Sylvia en aquellos momentos sin sentir lástima.

—Sucedió esa primera tarde. Iniciamos el ascenso, pero de pronto el tiempo empezó a empeorar y dimos la vuelta. Nos movíamos muy de prisa. —Sylvia paró y apretó un puño contra la boca.

—Es una época del año un poco arriesgada para el alpinismo —empezó a decir con suavidad la sheriff, pero Sylvia negó con la cabeza.

Y tenía razón, se dijo Maggie. No era tan mala. Era cierto que allí llovía casi todo el otoño, pero a veces se instalaba lo que los meteorólogos llamaban un núcleo de altas presiones y los cielos permanecían azules durante un mes. Todos los excursionistas lo sabían.

Además, a Miles no le asustaba el clima. Sólo tenía dieciocho años, pero había efectuado gran cantidad de ascensiones en las cordilleras Olympic y Cascade del estado de Washington. Miles no dejaba de escalar durante todo el invierno para conseguir experiencia alpina en nieve y durante las tormentas.

Sylvia seguía hablando. Su voz se volvía cada vez más entrecortada y jadeante.

—Miles estaba... había tenido gripa la semana anterior y aún no estaba totalmente recuperado. Pero parecía estar bien, fuerte. Sucedió cuando descendíamos haciendo rappel. Él reía y bromeaba y todo eso... Jamás pensé que podría estar tan cansado como para cometer un error... —Su voz tembló y se convirtió en un sollozo discordante. El guardabosque la rodeó con el brazo.

Algo dentro de Maggie se quedó helado. ¿Un error? ¿Miles?

Estaba preparada para oír hablar de un alud repentino o del fallo de una pieza del equipo. Incluso que Sylvia hubiese caído y hubiese desestabilizado a Miles al caer. Pero ¿que Miles hubiese cometido un error?

Clavó la mirada en Sylvia, y de repente algo en aquella lastimosa figura la molestó.

Había algo raro en aquel rostro delicadamente sonrojado y en aquellos ojos violeta anegados de lágrimas; era todo demasiado perfecto, demasiado trágico, como si Sylvia fuese una actriz oscarizada interpretando una escena famosa... y disfrutase con ello.

—No sé cómo pudo suceder —musitaba Sylvia—. El anclaje estaba bien. Deberíamos haber llevado con nosotros un anclaje de refuerzo, pero teníamos prisa. Y él debía de haber... ¡oh, Dios, algo debió de haberle pasado a su arnés! A lo mejor la hebilla no estaba bien abrochada, o tal vez los mosquetones estaban al revés...

No.

De improviso, los sentimientos de Maggie cristalizaron y fue como si de golpe lo viese todo claro.

Eso es imposible. Eso está mal.

Miles era demasiado bueno. Listo, fuerte y un escalador asombrosamente técnico. Seguro de sí mismo pero cuidadoso. Maggie sólo esperaba poder ser así de buena algún día.

Era totalmente imposible que se hubiese abrochado mal el

arnés o que se hubiese sujetado los mosquetones al revés. Por muy enfermo que estuviese. De hecho, ni por asomo se hubiese movido sin un anclaje de refuerzo. *Yo soy la que intenta hacer ese tipo de cosas, y entonces él me chilla que si no tengo cuidado me sucederá algo.*

Miles no lo hace.

Y eso significaba que Sylvia mentía.

La idea golpeó a Maggie como una pequeña onda de choque que la hizo tambalearse como si de improviso estuviera yendo hacia atrás a toda velocidad, o como si la habitación retrocediera ante ella muy de prisa.

Pero ¿por qué? ¿Por qué tendría Sylvia que inventar una historia tan terrible? No tenía sentido.

Sylvia se cubría a medias los ojos con una mano.

—Lo busqué, pero... había bloques de hielo... una grieta...

No hay cuerpo. Está diciendo que no hay cuerpo.

Con aquello, una nueva oleada de calor recorrió a Maggie. Y, curiosamente, lo que la hizo estar segura de ello fueron los ojos de Sylvia.

Aquellos ojos violeta habían estado mirando el suelo la mayor parte del tiempo que Sylvia había estado hablando, clavados en las baldosas de mosaico del vestíbulo. Pero ahora, mientras Sylvia llegaba a la revelación final, se habían trasladado hacia Maggie. A los pies de Maggie. Se clavaron allí, se apartaron, y luego regresaron y se quedaron.

Aquello hizo que Maggie echara una ojeada a sus propios pies.

Mis calcetines. Tiene la vista fija en mis calcetines.

Uno rojo y el otro azul... y está advirtiendo eso. Como una actriz que ha pronunciado las mismas frases tan a menudo que ya ni siquiera necesita prestarles atención.

De golpe, una cólera hirviente empezó a abrirse hueco a través de la conmoción de Maggie, embargándola hasta el punto de que no había lugar para nada más. Miró con dureza a Sylvia, que parecía estar muy lejos pero muy despierta. Y en aquel mismo instante lo supo con certeza.

Esta chica miente.

Debe de haber hecho algo... algo terrible. Y no puede mostrarnos el cadáver de Miles... o a lo mejor no hay ningún cadáver porque todavía sigue vivo.

¡Sí! Maggie se sintió repentinamente animada por la esperanza. *Es todo una equivocación. No hay motivo para que Miles esté muerto. Todo lo que tenemos que hacer es obligar a Sylvia a contar la verdad.*

Pero nadie más en la habitación lo sabía, y todos escuchaban mientras Sylvia seguía con su relato. Todos le creían.

—No salí hasta que el clima cambió... Tuve que permanecer en la tienda durante tres días. Cuando salí estaba muy débil, pero aun así conseguí hacerles señas a unos escaladores. Ellos me salvaron y cuidaron de mí... Para entonces era demasiado tarde para buscarlo. Sabía que no existía ninguna posibilidad de que hubiese podido sobrevivir a aquella tormenta...

Se derrumbó por completo.

El guardabosque empezó a hablar sobre el estado del tiempo y las tentativas de rescate, y de improviso la madre de Maggie empezó a dar boqueadas y a desplomarse en dirección al suelo.

—¡Mamá!

Asustada, Maggie empezó a ir hacia su madre. Su padre alzó los ojos y pareció advertir por primera vez que ella estaba allí.

—¡Oh, Maggie! Hemos recibido malas noticias.

Intenta ocuparse de mí. Pero no se da cuenta... tengo que decirle...

—Papá —dijo con urgencia—. Escucha. Hay algo...

—Maggie —interrumpió su madre, alargando una mano;

sonaba racional, pero había algo frenético en sus ojos—. Lo siento, pequeña. Ha sucedido algo horrible...

Y entonces se desmayó. Y de pronto el padre de Maggie empezó a tambalearse como un peso muerto. Y a continuación el guardabosque y uno de los agentes pasaban ya por delante de Maggie y sostuvieron a su madre, cuya cabeza se balanceaba de un lado a otro en un cuello sin fuerza; la boca y los ojos de su madre permanecieron entreabiertos. Una nueva clase de sensación horrible embargó a la muchacha, haciéndola sentir débil y mareada hasta el punto de temer desmayarse también ella.

—¿Dónde podemos...? —empezó a decir el agente de policía.

—Ahí está el sofá —se adelantó el padre de Maggie con voz quebrada.

No había sitio suficiente para Maggie, que tuvo que limitarse a permanecer a un lado y contemplar aturdida cómo transportaban a su madre.

Mientras lo hacían, Sylvia empezó a murmurar. Maggie tardó un instante en concentrarse en las palabras.

—Lo siento tanto. Lo siento tanto. Ojalá hubiese algo... Debería ir a casa en seguida.

—Tú te quedas aquí —dijo la mujer policía, mirando en dirección a la madre de Maggie—. No estás en condiciones de ir andando a ninguna parte. Estarías en el hospital ahora mismo si no hubieses insistido en venir aquí primero.

—No necesito un hospital. Es sólo que estoy tan cansada...

La agente de policía volvió la cabeza.

—¿Por qué no vas a sentarte al coche? —indicó con delicadeza.

Sylvia asintió. Parecía frágil y apenada mientras descendía por el sendero en dirección al coche patrulla. Era un mutis hermoso, pensó Maggie. Prácticamente podía oírse el tema musical intensificándose.

Pero Maggie era la única que podía apreciarlo. Era la única persona que observaba mientras Sylvia llegaba junto al coche... y se detenía.

Y luego se alejaba de él y seguía andando calle arriba.

Y ahora aparecen los títulos de crédito del final, pensó Maggie. Lo tuvo claro: *Va a su apartamento.*

La muchacha permaneció petrificada, sintiendo que la jalaban en dos direcciones.

Quería quedarse y ayudar a su madre. Pero algo en su interior estaba absolutamente furioso y concentrado y le gritaba que siguiera a Sylvia.

El instinto siempre había sido el punto fuerte de Maggie.

Permaneció allí parada durante un momento; su corazón martilleaba con tal fuerza que parecía que fuera a salirle por la boca. Entonces agachó la cabeza y apretó los puños.

Era un gesto que las chicas de su equipo de futbol habrían reconocido. Significaba que Neely *la Dura* había tomado una decisión e iba a irrumpir allí donde otros más listos temían pisar. Cuidado, mundo; ha llegado la hora de pisar fuerte.

Maggie giró en redondo y salió disparada por el pasillo de vuelta a su dormitorio.

Encendió la luz dando un manotazo al interruptor y miró a su alrededor como si nunca antes hubiese visto aquel lugar. Lo que necesitaba... ¿Por qué lo tenía todo siempre tan revuelto? ¿Cómo podía encontrar las cosas?

Pateó y jaló un montón de toallas de baño hasta que aparecieron un par de tenis de bota alta, y a continuación introdujo los pies en ellos. No había tiempo para cambiar la parte superior de la pijama por otra cosa, así que agarró una chamarra azul oscuro del suelo y se encontró, durante un instante, nariz con nariz con una fotografía sujeta al marco del espejo.

Una fotografía de Miles en la cima del monte Rainier. Sonreía ampliamente y saludaba con los pulgares en alto; no llevaba sombrero y sus cabellos castaño rojizos brillaban al sol igual que oro rojo. Tenía un aspecto apuesto y un poco pícaro.

Garabateado en plumón negro sobre la nieve blanca aparecía escrito: «Para la más mandona, ruidosa, terca y MEJOR hermanita del mundo. Con amor. Miles».

Sin tener ni idea de por qué lo hacía, Maggie sacó la fotografía del espejo, la introdujo en la bolsa de la chamarra y volvió a recorrer el pasillo a la carrera.

Todo el mundo estaba congregado alrededor del sofá en aquellos momentos. Incluso *Jake* se abría paso con el hocico. Maggie no pudo ver a su madre, pero la falta de actividad frenética le indicó que no existía ninguna crisis. Todo el mundo parecía tranquilo y comedido.

Sólo serán unos pocos minutos. Es mejor que no les diga nada hasta que esté segura. Probablemente estaré de vuelta antes de que se den cuenta siquiera de que no estoy.

Con aquel revoltijo de excusas en la cabeza, se escabulló por la puerta principal para seguir a Sylvia.

3

Llovía, claro. Aunque no era un tempestad terrible, sino sólo un chispear continuo que Maggie apenas advirtió. Le aplastaba el pelo contra la cabeza, pero también ocultaba el sonido de sus pasos.

Y las nubes bajas ocultaban el monte Rainier. En un día despejado la montaña se alzaba sobre la ciudad como un blanco ángel vengador.

Verdaderamente estoy siguiendo a alguien, pensó la muchacha, y aunque apenas podía creerlo, lo cierto era que descendía por su propia calle como una espía, bordeando coches y agachándose tras matas de rododendros.

Todo ello sin apartar la vista ni por un instante de la figura esbelta que tenía delante.

Aquello era lo que la mantenía en marcha. Podría haberse sentido estúpida y casi avergonzada por estar haciendo aquello; pero no esa noche. Lo sucedido la colocaba más allá del vergüenza, y cuando empezaba a relajarse por dentro y sentía los tenues pinchazos de la vacilación, el recuerdo volvía a resurgir y barría todo lo demás.

El recuerdo de la voz de Sylvia. «A lo mejor la hebilla no

estaba bien abrochada.» Y el recuerdo de la mano de su madre quedándose inerte a la vez que el cuerpo se le doblaba.

Te seguiré sin importar a donde vayas, pensó Maggie. *Y luego...*

No sabía qué pasaría luego, pero confiaba en su instinto y se dejaba guiar por él, que era más fuerte y listo de lo que se sentía ella en aquel momento.

El apartamento de Sylvia estaba en el distrito U, en la zona universitaria que rodeaba la Universidad de Washington. Fue una caminata larga, y para cuando llegaron allí, la lluvia caía con más intensidad. A Maggie le alegró ponerse a cubierto y seguir a Sylvia al interior del estacionamiento subterráneo.

Éste es un lugar peligroso, se dijo mientras penetraba en la resonante oscuridad. Pero fue simplemente una nota garabateada en su mente, sin que ello conllevara la menor emoción. En aquel momento se sentía como si pudiera asestar un golpe a un asaltante con fuerza suficiente para aplastarlo contra la pared.

Mantuvo una distancia prudente mientras Sylvia esperaba el elevador, luego se dirigió a la escalera. Tercer piso. Maggie trotó hacia arriba más de prisa que el elevador y llegó sin siquiera respirar entrecortadamente. La puerta del hueco de la escalera estaba entreabierta y observó desde detrás cómo Sylvia se acercaba a la puerta de uno de los departamentos y alzaba una mano para llamar.

Antes de que llegara a hacerlo, la puerta se abrió. Un chico que parecía un poquitín mayor que Maggie la sostenía para que pudieran salir un par de muchachas que reían. A Maggie le llegó el sonido de música y el olor a incienso.

Ahí adentro celebran una fiesta.

Aquello no debería haberle resultado tan chocante: era sábado por la noche. Sylvia vivía con tres compañeras; sin duda eran ellas las que daban la fiesta. Pero mientras pasaban junto a Sylvia, las dos chicas sonrieron y saludaron con la cabeza y Sylvia sonrió y les devolvió el saludo antes de entrar.

No es precisamente la clase de cosa que haces cuando tu novio acaba de morir, pensó Maggie, enfurecida. *Y tampoco encaja exactamente con el número de «heroína trágica».*

Entonces reparó en algo. Cuando el chico que sujetaba la puerta la soltó, ésta casi se había cerrado... pero no del todo.

¿Puedo hacerlo? A lo mejor. Si me muestro segura de mí misma. Tendría que entrar con decisión, como si tuviese derecho a estar aquí, sin vacilar.

Y esperar que no lo advierta. Luego colocarme detrás de ella. Ver si habla con alguien, lo que dice...

Las dos muchachas que acababan de salir habían tomado el elevador. Maggie fue directa a la puerta y, sin detenerse, la abrió de un empujón y entró.

Muéstrate segura, pensó, y siguió adelante, moviéndose instintivamente en dirección a una pared lateral. Su entrada no parecía haber provocado ningún revuelo, y resultó más fácil de lo que había pensado pasar por entre aquellos desconocidos. El apartamento estaba muy oscuro, para empezar. La música estaba más bien baja, y todo el mundo parecía encontrarse conversando.

El único problema era que no conseguía ver a Sylvia. Pegó la espalda a la pared y esperó a que sus ojos se adaptasen a la oscuridad.

No estaba allí... al menos no junto al equipo de música. Probablemente estuviera en uno de los cuartos de atrás, cambiándose.

Fue al moverse en dirección al pequeño pasillo que conducía a los cuartos cuando Maggie reparó realmente en lo extraño que resultaba todo aquello. Algo respecto al departamento, respecto a la fiesta... no encajaba. Era raro. Le producía la misma sensación que Sylvia.

Peligro.

Este lugar es peligroso.

Todo el mundo allí era tan guapo... o si no, iba al menos tan a la moda, como si hubieran acudido a un estudio de televisión. Algo pasaba, había una atmósfera a su alrededor que hizo pensar a Maggie en los tiburones del acuario de Seattle. Una frialdad que no se podía ver, sólo percibir.

Aquí hay algo que no está nada bien. ¿Acaso son todos ellos traficantes de drogas o algo así? ¿Satanistas? ¿Alguna especie de mafia juvenil? Sea lo que sea transmiten una sensación de tanta maldad...

La propia Maggie se sentía como un gato con el pelaje erizado.

Al oír la voz de una chica que surgía del primer dormitorio, se quedó totalmente inmóvil, esperando que fuese la de Sylvia.

—De veras, es el lugar más secreto que hayas imaginado nunca.

No era Sylvia. Maggie pudo ver a quien hablaba por una rendija en la puerta; tenía la tez pálida y era hermosa, con una larga trenza negra, y estaba inclinada al frente y tocaba con suavidad el dorso de la mano de un chico.

—Tan exótico, tan misterioso; es un lugar del pasado, ¿sabes? Antiguo, y todo el mundo lo ha olvidado, pero sigue ahí. Desde luego, es terriblemente peligroso... pero no para nosotros...

No es relevante, decidió la mente de Maggie, y dejó de escuchar. Eran los extraños planes de vacaciones de alguien; nada relacionado con Sylvia o Miles.

Siguió avanzando poco a poco por el pasillo. La puerta del fondo estaba cerrada.

El cuarto de Sylvia.

Bueno, tiene que estar ahí dentro; no está en ninguna otra parte.

Con una mirada furtiva a su espalda, Maggie se acercó sigilosamente a la puerta. Inclinó el cuerpo hacia adelante hasta que su mejilla tocó la fría pintura blanca de la madera, sin dejar de aguzar la vista en dirección a la sala de estar por si acaso alguien la abandonaba e iba hacia el pasillo. Contuvo la respiración e intentó parecer despreocupada, pero el corazón le latía tan fuerte que sólo podía oír el golpeteo de su pulso y la música.

Desde luego no había nadie hablando detrás de la puerta, así que las esperanzas de Maggie de poder escuchar sin ser vista se esfumaron.

De acuerdo, pues, entraré. Y de nada sirve intentar ser sigilosa; se va a dar cuenta.

Así que sencillamente lo haré.

Como estaba tan excitada, no le hizo falta hacer acopio de valor; su cuerpo ya estaba en máxima tensión. Pese a su sensación de que había algo amenazador en aquel lugar, no estaba asustada, o al menos no parecía tener miedo. Lo que sí desprendía era cólera, como si estuviera desesperadamente lista para la batalla. Quería agarrar algo y zarandearlo hasta hacerlo pedazos.

Giró la perilla y empujó la puerta.

Un nuevo olor de incienso la golpeó al salir una bocanada de aire. Era más fuerte que el olor de la sala de estar, olía más a tierra y a almizcle, con un dulzor recubriéndolo que a Maggie no le gustó. El dormitorio estaba aún más oscuro que el pasillo, pero aun así entró. Notó una cierta tensión en la puerta; en cuanto la soltó, ésta se cerró tras ella con un susurro.

Sylvia estaba de pie junto al escritorio.

Estaba sola, y todavía llevaba puesto el traje de escalar de Gore-Tex que vestía hacía un instante. El delicado y reluciente pelo empezaba a secarse y se encrespaba igual que pequeñas plumas de ángel lejos de la frente.

Estaba manipulando un quemador de incienso de latón,

25

añadiéndole pizcas de polvo y de lo que parecían hierbas. Era de allí de donde surgía aquel empalagoso olor dulzón.

Maggie había planeado —en la medida en que había llegado a planear algo— precipitarse hacia ella y colocarse justo frente a la cara de Sylvia. Sobresaltarla para que efectuara alguna especie de confesión. Pensaba decirle: «Necesito hablar contigo». Pero antes de que pudiera pronunciar la primera palabra, Sylvia habló sin alzar la mirada.

—Qué lástima. Realmente deberías haberte quedado en casa con tus padres, ¿sabes? —La voz era fría y lánguida, calmada y por supuesto nada pesarosa.

Maggie paró en seco.

Vaya, ¿qué se supone que significa eso? ¿Es una amenaza? Estupendo. Lo que sea. Yo también puedo amenazar.

Pero la había tomado por sorpresa, y tuvo que tragar saliva con energía antes de decir con voz áspera:

—No sé de qué hablas, pero al menos has abandonado tu lacrimógena actuación. Lo has hecho de pena.

—Vaya, y yo que pensaba que había estado tan bien —dijo Sylvia y añadió una pizca de algo al quemador de incienso—. Estoy segura de que los agentes de policía también lo han pensado.

Una vez más, Maggie se sobresaltó. Aquello no estaba saliendo en absoluto como esperaba. Sylvia estaba tan calmada, tan a sus anchas; sin perder el control de la situación.

Ya no, pensó Maggie.

Acaba de admitir que fue una actuación. Todo aquel lloriqueo mientras hablaba de Miles...

La furia se desenroscó en el estómago de Maggie igual que una serpiente.

Dio tres veloces pasos al frente.

—Sabes por qué estoy aquí. Quiero saber lo que le ha sucedido realmente a mi hermano.

—Ya se los he dicho...

—¡Lo que has contado es un montón de mentiras! No sé cuál es la verdad. Lo que sí sé es que Miles jamás habría cometido un error tan estúpido como no abrochar el arnés. Mira, si has cometido alguna estupidez... si sigue por ahí fuera herido o algo así y estabas demasiado asustada para admitirlo... será mejor que me lo cuentes ahora mismo. —Era la primera vez que había expresado en palabras una razón para que Sylvia mintiera.

La joven alzó los ojos.

Maggie se sobresaltó. A la luz de la única vela situada junto al quemador de incienso, los ojos de Sylvia no eran de color violeta sino de un color más rojizo, parecido a la amatista. Eran grandes y transparentes y la luz parecía danzar en ellos, parpadeante.

—¿Es eso lo que crees que sucedió? —preguntó la joven con suavidad.

—¡Ya te he dicho que no sé lo que sucedió! —Maggie se sintió mareada de improviso, y luchó contra la sensación, mirando desafiante a los extraños ojos de Sylvia—. A lo mejor se pelearon o algo así. A lo mejor tienes otro novio. A lo mejor ni siquiera habían ido a escalar, para empezar. Todo lo que sé es que has mentido y que no hay un cadáver que encontrar. ¡Y quiero saber la verdad!

Sylvia le devolvió la mirada con fijeza, con la luz de la vela danzando en sus ojos color púrpura.

—¿Sabes lo que tu hermano me contó sobre ti? —preguntó meditabunda—. Dos cosas. La primera, que jamás te dabas por vencida. Me dijo: «Maggie no es ninguna científica espacial, pero una vez que agarra algo es igual que un pequeño bull terrier». Y la segunda, que sentías una total debilidad por cualquiera que tuviese problemas. Una auténtica defensora de las causas perdidas.

Añadió unos cuantos pedacitos de corteza del tamaño de una uña a la mezcla que humeaba en el quemador de incienso.

—Y eso es una gran lástima —prosiguió pensativamente—. Terca y compasiva: eso es buscarse auténticos problemas.

Maggie estaba ya cansada de todo aquello.

—¿Qué le ha sucedido a Miles? ¿Qué le has hecho?

Sylvia rió, con una risita misteriosa.

—Me temo que no lo adivinarías ni aunque pasaras el resto de tu corta vida intentándolo. —Sacudió la cabeza—. La verdad es que fue una lástima. Me gustaba. Podríamos haber estado bien juntos.

Maggie quería saber una cosa.

—¿Está muerto?

—Ya te lo he dicho, jamás lo averiguarás. Ni siquiera cuando vayas a donde vas a ir.

Maggie la miró con fijeza, intentando entenderlo. No pudo. Cuando habló fue con voz mesurada, con la vista clavada en los ojos de Sylvia.

—No sé cuál es tu problema... A lo mejor estás loca o algo así. Pero te lo digo en serio, si le has hecho algo a mi hermano, te mataré.

Nunca antes había dicho algo así, pero ahora surgió de su boca con toda naturalidad, con fuerza y convicción. Estaba tan enfurecida que todo lo que podía ver era el rostro de Sylvia. Tenía un nudo en el estómago y hasta sentía un ardor en la cintura, como si hubiese un fuego encendido allí.

—Ahora —dijo—, ¿vas a contarme qué le ha sucedido?

Sylvia suspiró y dijo con calma:

—No.

Antes de que Maggie supiese exactamente que lo hacía, ya había alargado las manos y agarraba la parte frontal de la chamarra verde de Gore-Tex de Sylvia.

Algo centelleó en los ojos de la muchacha y, por un momento, pareció sobresaltada, interesada y respetuosa a su pesar. Luego volvió a suspirar, sonriendo levemente.

—¿Y ahora vas a matarme?

—Escucha, tú... —Maggie se inclinó al frente, y se detuvo.

—¿Que escuche qué?

Maggie parpadeó. De improviso los ojos le ardían. El humo del quemador de incienso ascendía directamente a su rostro.

—Tú...

Me siento rara, pensó Maggie.

Muy rara. Mareada. Pareció sobrevenirle de golpe. Ante su visión empezaba a desplegarse un conjunto de centelleantes luces grises. El estómago se le revolvió y sintió una oleada de náuseas.

—¿Te pasa algo?

La voz de Sylvia pareció llegar de muy lejos.

El incienso.

Ascendía directamente a su cara. Y ahora...

—¿Qué me has hecho? —jadeó.

Retrocedió tambaleante para tratar de alejarse del humo, pero era demasiado tarde. Notaba las rodillas como si fuesen de goma. Todo el cuerpo parecía estar muy lejos en cierto modo, y el chispeante conjunto de luces la cegaba por completo.

Notó cómo la parte posterior de sus piernas chocaba contra una cama. Y luego éstas sencillamente dejaron de sostenerla; empezó a resbalar hacia abajo, incapaz de detener la caída con los inútiles brazos. Tenía los labios entumecidos.

—¿Sabes?, por un momento, ahí, pensé que podría tener problemas —decía la voz de Sylvia muy calmada—. Pero me equivocaba. Lo cierto es que eres sólo una chica corriente, después de todo. Débil e impotente... y corriente. ¿Cómo se te ha ocurrido que podías enfrentarte a mí? ¿Enfrentarte a mi gente?

¿Me estoy muriendo?, se preguntó Maggie. *Se me va la cabeza. No veo nada y no puedo moverme...*

—¿Cómo te has atrevido a venir aquí y atacarme? ¿Cómo has podido pensar que tenías una posibilidad de vencer? —Incluso la voz de Sylvia parecía volverse cada vez más lejana—. Eres patética. Pero ahora descubrirás qué sucede cuando te enfrentas a un poder real. Así aprenderás...

La voz desapareció, y sólo hubo un ruido impetuoso en medio de una negrura interminable.

Miles, pensó Maggie. *Lo siento...*

Luego dejó de pensar por completo.

4

Maggie soñaba. Sabía que soñaba y eso ya era bastante extraño, pero lo que aún era más extraño era que sabía que no era un sueño corriente.

Era algo... que provenía de fuera de ella, que le estaban... enviando. Alguna parte profunda de su mente buscó a tientas las palabras adecuadas, hirviendo de frustración, al mismo tiempo que su parte racional estaba ocupada mirando a su alrededor asustada.

Neblina. Neblina por todas partes, espirales blancas que serpenteaban con elegancia ante sus ojos y se enroscaban a su alrededor igual que genios acabados de liberar de sus lámparas. Tuvo la sensación de que había formas más oscuras allá en la neblina; le pareció verlas alzándose con el rabillo del ojo, pero en cuanto se volvió, se le quedaron ocultas otra vez.

Notó cómo se le ponían los brazos de carne de gallina. No era simplemente el contacto de la neblina, sino que también se debía a un ruido que le erizaba los cabellos del cogote y que estaba justo en el límite de la audición, distorsionado por la lejanía o por alguna otra cosa, y parecía llamarla a voces:

—¿Quién eres?

Déjame en paz, pensó Maggie. Sacudió la cabeza con fuerza para deshacerse del picor en el cuello. *Esto es simplemente demasiado... demasiado gótico. ¿Por qué tendré siempre sueños cursis como éste?*

Pero al cabo de un instante sucedió algo que provocó que la recorriera un nuevo escalofrío, en esta ocasión, de pura alarma. Algo se le acercaba a través de la niebla, a gran velocidad.

Se volvió y se puso rígida. Y entonces, curiosamente, todo pareció cambiar de golpe.

La neblina empezó a retirarse y vio una figura, oscura al recortarse contra la niebla, nada más que una silueta al principio. Durante apenas un instante pensó en Miles; pero ese pensamiento desapareció casi tan de prisa como había aparecido. Era un muchacho, pero un desconocido, pudo darse cuenta por su figura y por su modo de moverse. El recién llegado respiraba con dificultad y llamaba con voz desesperada: «¿Dónde estás?, ¿Dónde estas?».

Así que era eso. No «¿Quién eres?», se dijo Maggie.

—¿Dónde estás? ¡Maggie! ¿Dónde estás?

El sonido de su propio nombre la sobresaltó. Pero al mismo tiempo que inhalaba con fuerza, él se volvió y la vio.

Y se detuvo en seco. La neblina casi había desaparecido ya y ella pudo verle el rostro; su expresión era de asombro, alivio y gozo.

—Maggie —susurró.

Ella permaneció clavada donde estaba. No lo conocía. Estaba muy segura de no haberlo visto nunca antes; pero él la miraba fijamente como si... como si fuese lo más importante en el universo para él y la hubiese estado buscando durante años hasta casi perder la esperanza. Ella estaba demasiado estupefacta para moverse cuando de repente él abandonó violentamente su inmovilidad y, en tres largas zancadas, se plantó ante ella posándole las manos sobre los hombros.

Con delicadeza. No de un modo posesivo. Pero como si tuviese todo el derecho a hacerlo, y como si necesitase convencerse de que ella era real.

—Ha funcionado. He conseguido comunicar —dijo.

Era la persona más atractiva que había visto nunca. Cabello oscuro, un poco encrespado y alborotado, con una tendencia a ondularse; tez tersa y clara; una boca que parecía corresponder a alguien orgulloso y testarudo pero que justo en aquel momento era sencillamente vulnerable.

Y unos ojos amarillos intrépidos y relucientes.

Eran aquellos ojos los que la retenían, fascinantes y sorprendentes en un rostro que ya resultaba de por sí peculiar. No, nunca lo había visto. Lo habría recordado.

La superaba en altura por una cabeza, y era ágil y con un cuerpo bien musculado. Pero Maggie no tuvo la sensación de verse dominada. Había una tierna ansiedad en el rostro y algo casi suplicante en aquellos fieros ojos dorados de negras pestañas.

—Oye, sé que no lo comprendes, y lo siento. Pero ha sido tan difícil conseguir comunicar... y no hay mucho tiempo.

Aturdida y desconcertada, Maggie se agarró a la última frase de un modo casi mecánico.

—¿Qué quieres decir... con conseguir comunicar?

—No importa. Maggie, tienes que irte; ¿lo entiendes? En cuanto despiertes, sal de aquí.

—¿De dónde?

Estaba más confusa que nunca, no por falta de información, sino porque de improviso se veía amenazada por un exceso de ella. Necesitaba recordar... ¿dónde se había dormido? Había sucedido algo, algo relacionado con Miles. Estaba preocupada por él...

—Mi hermano —dijo con repentina urgencia—. Buscaba a mi hermano. Necesito encontrarlo. —Incluso aunque no podía recordar exactamente el motivo.

Los ojos dorados se nublaron.

—No puedes pensar en él ahora. Lo siento.

—Sabes algo so...

—Maggie, lo importante es que consigas marcharte sin sufrir daño. Y para lograrlo tienes que salir de aquí en cuanto despiertes. Te voy a mostrar el camino.

Señaló a través de la neblina, y de improviso Maggie pudo ver un paisaje, lejano pero nítido, como una película proyectada sobre un velo de humo.

—Hay un sendero, justo debajo del gran saliente de roca. ¿Lo puedes ver?

Maggie no comprendía por qué necesitaba verlo. No reconocía el paisaje, aunque podría haber sido cualquier sitio en las Olympic o en la cordillera Cascade por encima de la línea de árboles.

—Primero encuentra el lugar donde se ven tres picos juntos, de la misma altura e inclinados unos hacia otros. ¿Lo ves? Y luego mira abajo hasta que encuentres el saliente de roca. Tiene la forma de una ola en su punto más alto. ¿Lo ves?

La voz era tan apremiante e imperiosa que Maggie tuvo que responder.

—Lo veo. Pero...

—Recuérdalo. Encuéntralo. Vete y no mires nunca atrás. Si consigues salir sin problemas, el resto no importa. —El rostro del muchacho estaba pálido ahora, las facciones talladas en hielo—. El mundo entero puede irse al traste por lo que a mí respecta.

Y entonces, con la brusquedad que caracterizaba todos sus movimientos, se inclinó al frente y la besó.

Un beso amable, en la mejilla. Sintió su aliento cálido y rápido allí, luego los labios presionando levemente, y a continuación un repentino temblor en ellos, como si se viese abrumado por alguna emoción intensa. Pasión, tal vez, o una tristeza atroz.

—Te amo —musitó él, agitando levemente con su aliento el pelo junto a la oreja de Maggie—. Te amaba. No lo olvides nunca.

Maggie estaba mareada debido a la confusión que sentía. No comprendía nada, y debería apartar a aquel desconocido. Pero no quería hacerlo. No obstante lo asustada que estaba, no era por él. De hecho, la embargaba una irresistible sensación de paz y seguridad en sus brazos. Un sentimiento de familiaridad.

—¿Quién eres? —susurró.

Pero antes de que él pudiese responder a su pregunta, todo cambió otra vez.

La neblina regresó. No lentamente, sino de una forma arrolladora, veloz y silenciosa, desvaneciéndolo todo. El cuerpo cálido y firme que Maggie sentía contra el suyo pareció repentinamente insustancial, como si estuviese hecho de la niebla misma.

—Aguarda un minuto... —Pudo oír su propia voz llena de pánico, pero amortiguada por el nacarado capullo que la rodeaba.

Y entonces... él desapareció. Los brazos de Maggie abrazaban sólo el vacío. Y todo lo que alcanzaba a ver era blanco.

5

Maggie despertó despacio.

Y con dolor.

Debo de estar enferma, pensó. Era la única explicación que se le ocurría: notaba el cuerpo pesado y dolorido, sentía punzadas en la cabeza y su nariz estaba totalmente tapada. Respiraba por la boca, que estaba tan reseca y pegajosa que la lengua se pegaba al paladar.

Estaba soñando, pensó, pero incluso al mismo tiempo que intentaba agarrar retazos del sueño, éste se desvaneció. Era algo sobre... ¿niebla? Y un muchacho.

Parecía vagamente importante que ella lo recordara, pero incluso resultaba difícil retener esa importancia. Además, otra consideración más práctica estaba invalidándola. La sed. Se moría de sed.

Necesito un vaso de agua...

Tuvo que hacer un esfuerzo tremendo para alzar la cabeza y abrir los ojos. Pero cuando lo hizo, el cerebro se le despejó con rapidez. No estaba en su dormitorio. Estaba en una habitación pequeña, oscura y maloliente; una habitación que daba bandazos y la zarandeaba dolorosamente en todas direcciones; también se oía un ruido rítmico procedente del exterior que tenía la impresión de que debería poder reconocer.

En la mejilla y bajo los dedos notaba la aspereza de la madera sin pintar. El techo y las paredes estaban hechos de las mismas tablas plateadas y desgastadas.

¿Qué clase de habitación es pequeña y está hecha de madera y...?

No es una habitación, se dijo de improviso. Era un vehículo. Alguna especie de carreta de madera.

En cuanto se dio cuenta de ello, comprendió qué era el sonido rítmico.

Cascos de caballos.

No, no puede ser, pensó. *Es demasiado estrambótico. Seguro que estoy enferma; probablemente tengo alucinaciones.*

Pero parecía increíblemente real para ser una alucinación; daba toda la impresión de que iba en una carreta de madera tirada por caballos. Y por terreno irregular, lo que explicaba el zarandeo.

¿Qué debía de estar pasando? ¿Qué hacía ella allí?

¿Dónde me dormí?

De repente sintió una descarga de adrenalina... y con ella llegó un recuerdo fugaz. Sylvia. El incienso...

Miles.

Miles está muerto... No. No lo está. Sylvia lo dijo, pero mentía. Y luego dijo que yo jamás averiguaría lo que le sucedió. Y a continuación me drogó con aquel humo...

Le proporcionó un leve sentimiento de satisfacción haber podido juntar tal cantidad de datos, pues, incluso aunque todo lo demás resultase totalmente confuso, poseía un recuerdo sólido al que aferrarse.

—Has despertado —dijo una voz—. Por fin. Esta niña dice que has dormido un día y medio.

Maggie se fue incorporando por etapas hasta que pudo ver quién le hablaba. Era una chica de desaliñados cabellos rojos, un rostro anguloso y vehemente, y ojos duros e impasibles. Parecía de la edad de Maggie. Junto a ella había una chica más joven, de unos nueve o diez años. Era muy bonita, menuda, con cabellos cortos y rubios bajo una gorra de beisbol a cuadros escoceses rojos. Parecía asustada.

—¿Quiénes son? —inquirió Maggie con voz ininteligible debido a la pastosa lengua; tenía tanta sed—. ¿Dónde estoy? ¿Qué sucede?

—¡Uf! Ya lo descubrirás —dijo la pelirroja.

Maggie miró a su alrededor. Había una cuarta chica en la carreta, acurrucada en el rincón con los ojos cerrados.

Maggie se sentía estúpida y torpe, pero intentó poner en orden las ideas.

—¿Qué quieres decir con que he estado durmiendo un día y medio?

La pelirroja se encogió de hombros.

—Eso es lo que ella ha dicho. Yo no podría saberlo. Me han atrapado tan sólo hace unas pocas horas. Casi consigo escapar de este sitio, pero me han atrapado.

Maggie la miró fijamente. Tenía un moretón reciente en uno de los angulosos pómulos y el labio estaba hinchado.

—¿Qué... sitio? —preguntó despacio, y cuando nadie respondió, siguió—: Oye. Me llamo Maggie Neely. No sé dónde está este sitio o qué hago aquí, pero lo que recuerdo es que una chica llamada Sylvia me dejó sin sentido. Sylvia Weald. ¿La conocen?

La pelirroja se limitó a devolverle la mirada con entornados ojos verdes. La muchacha tumbada en el suelo no se movió, y la niña rubia de la gorra de cuadros escoceses se encogió asustada.

—¡Vamos, que alguien me diga algo!

—¿De verdad no sabes lo que está pasando? —dijo la chica de cabellos rojos.

—¡Si lo supiese, no lo preguntaría una y otra vez!

La muchacha la miró con atención por un momento, luego habló con una especie de placer malicioso:

—Te han vendido como esclava. Ahora eres una esclava.

Maggie lanzó una carcajada.

Fue un sonido corto e involuntario, que le provocó una punzada en la dolorida sien. La niña rubia volvió a estremecerse, y algo en su semblante hizo que la sonrisa burlona de Maggie desapareciera.

Sintió una oleada de frío subiéndole por la espalda.

—Vamos —dijo—. No digas tonterías. ¡Ya no hay esclavos!

—Aquí sí. —La pelirroja volvió a sonreír, desagradablemente—. Pero apuesto a que tampoco sabes dónde estás.

—En el estado de Washington... —Y al mismo tiempo que lo decía, Maggie sintió que se le hacía un nudo en el estómago.

—Incorrecto. O correcto, pero no importa. Técnicamente puede que estemos en Washington, pero donde estamos en realidad es en el infierno.

Maggie empezaba a perder su autocontrol.

—¿De qué estás hablando?

—Echa una mirada a través de esa rendija.

Había gran cantidad de rendijas en la carreta; la luz pálida que se filtraba por ellas era la única iluminación. Maggie se alzó de rodillas y acercó un ojo a una rendija grande, guiñando el otro ojo.

Al principio no pudo ver gran cosa. La carreta daba tumbos y resultaba difícil determinar qué se veía. Todo lo que supo fue que parecía no haber color, que todo era o bien de un blanco fosforescente o de un negro mate.

Gradualmente, comprendió que el blanco correspondía al cielo nublado y el negro, a una montaña. Una montaña enorme, lo bastante próxima como para aplastar la cara contra ella, que se alzaba altiva recortada contra el cielo, y cuyas estribaciones inferiores estaban cubiertas de árboles que parecían de color ébano en lugar de verdes y sumergidos en neblina. La cima estaba totalmente cubierta en nubes; no había modo de calcular su altura.

Y junto a ella había otra montaña exactamente igual. Maggie cambió de posición para intentar obtener una visión más amplia. Había montañas por todas partes, en un anillo impenetrable que la rodeaba.

Daban... miedo.

Maggie conocía las montañas y las amaba, pero éstas eran diferentes de cualquiera que hubiese visto nunca. Tan frías, y con aquella neblina embrujada arrastrándose por todas partes. El lugar parecía lleno de fantasmas, que se materializaban y luego desaparecían con un lamento casi audible.

Era como si fuese otro mundo.

Maggie se dejó caer sentada, luego se volvió otra vez lentamente para mirar a la chica pelirroja.

—¿Dónde está esto? —preguntó, y su voz fue casi un susurro.

Ante su sorpresa, la muchacha no volvió a reír maliciosamente. En su lugar desvió la mirada, con ojos que parecieron concentrarse en algún recuerdo distante y terrible, y habló casi en un susurro también.

—Es el lugar más secreto del Night World.

Maggie sintió como si la neblina del exterior se le hubiese metido por la parte de atrás de la camiseta de pijama que llevaba.

—¿El qué?

—El Night World. Es una especie de organización. Para todos ellos, ya sabes. —Cuando Maggie se limitó a mirarla, ella siguió diciendo—: Ellos. Los que no son humanos.

En esta ocasión lo que Maggie sintió fue que el estómago le

daba un vuelco, y sinceramente no supo si era porque estaba encerrada allí con una lunática, o si alguna parte de ella ya había aceptado lo que decía aquella lunática. En cualquier caso, la aterró, y fue incapaz de contestar nada.

La chica pelirroja le dirigió una veloz ojeada, y la maliciosa expresión de disfrute regresó.

—Los vampiros —dijo, enunciando con claridad—, y los cambiantes, y las brujas...

¡Oh, cielos!, pensó Maggie. *Sylvia.*

Sylvia es una bruja.

No sabía cómo lo sabía y probablemente parte de ella no lo creía de todos modos, pero la palabra retumbaba en su interior como una avalancha, acumulando pruebas a medida que caía. El incienso, aquellos extraños ojos color púrpura, el modo en que Miles había quedado cautivado por ella con tanta rapidez y apenas telefoneaba a la familia después de conocerla, y la forma en que le había cambiado la personalidad, igual que si fuese víctima de un hechizo, embrujado e indefenso, y, *¡oh, Miles, por qué no lo adiviné...!*

No soy lista, pero siempre he tenido buen ojo para la gente. ¿Cómo pude fastidiarla cuando era importante?

—Por lo general no tienen lugares propios —seguía explicando la pelirroja; y las palabras se abrían paso de algún modo hasta los oídos de Maggie a pesar del caos que reinaba en su interior—. Casi todos se limitan a vivir en nuestras ciudades, fingiendo ser como nosotros. Pero este valle es especial; ha estado aquí en las Cascade durante siglos y los humanos jamás lo han encontrado. Está totalmente rodeado de hechizos y niebla... y esas montañas. Existe un sendero a través de ellas, lo bastante grande para que pasen carros, pero sólo los miembros del Night World pueden verlo. Llaman al valle el Reino Oscuro.

Vaya, genial, pensó Maggie, pasmada. El nombre resultaba extrañamente apropiado a lo que había visto fuera. La luz amarilla del sol era casi imposible de imaginar en aquel lugar. Aquellos vaporosos espectros de niebla lo mantenían inmerso en un reluciente hechizo de un blanco plateado.

—¿E intentas decirme que todas somos... esclavas ahora? Pero ¿cómo han llegado aquí ustedes?

Cuando la pelirroja no contestó, miró a la niña rubia.

Ésta removió su delgado cuerpo, tragó saliva, y finalmente dijo con una vocecita ronca:

—Me llamo P. J. Penobscot. Estaba... Me sucedió en Halloween. Estaba recorriendo las casas pidiendo dulces. —Bajó los ojos para mirarse y Maggie reparó en que llevaba un suéter color canela con un dibujo de trenzas y un chaleco—. Iba de golfista. Y se suponía que no debía salir de mi edificio porque el tiempo estaba empeorando. Pero mi amigo Aaron y yo cruzamos la calle y aquel coche paró delante de mí... —Calló y tragó saliva con fuerza.

Maggie alargó el brazo y le oprimió la mano.

—Apuesto a que eras una golfista fabulosa.

P. J. sonrió lánguidamente.

—Gracias. —Entonces el menudo rostro se endureció y sus ojos adquirieron una mirada distante—. Aaron escapó, pero aquel hombre me agarró. Intenté pegarle con el palo de golf, pero me lo quitó de las manos. Me miró y luego me metió en el coche. Era fuerte.

—Era un traficante de esclavos profesional —dijo la muchacha pelirroja—. Los dos tipos que he visto son profesionales. Es por eso que le miraron la cara; cogen esclavas guapas cuando pueden conseguirlas.

Maggie la miró con asombro, a continuación volvió la cabeza hacia P. J.

—¿Y luego qué?

—Me pusieron algo sobre la cara... Yo seguí peleando y chillando y todo eso... y entonces me quedé dormida durante un rato. Desperté en ese almacén. —Respiró una vez y contempló sus delgadas muñecas—. Estaba encadenada a una cama y totalmente sola. Estuve sola durante un rato. Y luego, quizá al día siguiente, la trajeron a ella. —Indicó con la cabeza a la muchacha que seguía durmiendo en el rincón.

Maggie contempló la figura inmóvil. No se movía excepto cuando la carreta la zarandeaba.

—¿Está bien?

—Está enferma. La dejaron allí durante mucho tiempo, tal vez cuatro días, pero no ha llegado en ningún momento a despertar realmente. Creo que está empeorando. —La voz de P. J. era queda y distante—. Entraban a darnos comida, pero eso era todo. Y luego ayer te trajeron a ti.

Maggie pestañeó.

—Al almacén.

La niña asintió solemnemente.

—También estabas dormida. Pero no sé qué sucedió después de eso. Volvieron a ponerme la tela sobre la cara. Cuando desperté estaba en una furgoneta.

—Ésas las usan para el transporte en el otro lado —explicó la pelirroja—. Para subir hasta el sendero. Luego cambian a una carreta. La gente de este valle no ha visto nunca un coche.

—¿Así que lo que dices es que dormí durante todo ese proceso? —preguntó Maggie a P. J.

P. J. volvió a asentir, y la pelirroja dijo:

—Probablemente te dieron más droga. Intentan mantener a todo el mundo demasiado drogado para defenderse.

Maggie se mordisqueaba el labio. Se le había ocurrido una cosa. A lo mejor Sylvia no había ido ni por asomo a escalar con Miles.

—Así que, P. J., ¿nunca viste a ningún otro esclavo aparte de esa chica? ¿No viste a un chico? —Rebuscó en el bolsillo de la chaqueta y sacó la foto de Miles—. ¿Un muchacho como éste?

44

P. J. miró la fotografía muy seria, luego meneó negativamente la cabeza.

—Nunca lo he visto. Se parece a ti.

—Es mi hermano, Miles. Desapareció durante Halloween, también. Pensé que a lo mejor... —Maggie sacudió la cabeza, luego sostuvo la fotografía en dirección a la chica pelirroja.

—No lo he visto nunca —respondió ésta con sequedad.

Maggie la miró. Para ser alguien a quien le gustaba hablar de cosas pavorosas, no decía gran cosa que fuese de ayuda.

—Y ¿qué hay de ti? ¿Cómo llegaste aquí?

La muchacha lanzó un bufido.

—Ya te lo he dicho. Estaba saliendo del valle. —El rostro se le tensó—. Y casi conseguí cruzar el sendero, pero me atraparon y me metieron aquí dentro. Debería haber hecho que me mataran en vez de eso.

—¡Ya! —dijo Maggie, y dirigió una veloz mirada a P. J., dando a entender que no deberían asustarla sin necesidad—. No puede ser tan malo.

Ante su sorpresa, la muchacha no se mostró despectiva ni se enfureció.

—Es peor —repuso, casi susurrando otra vez—. Tú no hagas nada. Ya lo descubrirás.

Maggie sintió que se le erizaban los pelos de la nuca.

—¿Qué es lo que dices?

La chica volvió la cabeza hacia ella, los verdes ojos ardían siniestramente.

—La gente del Night World tiene que comer —dijo—. Pueden comer cosas normales, comida y agua. Pero los vampiros necesitan beber sangre y los cambiantes tienen que comer carne. ¿Resulta lo bastante claro para ti?

Maggie se quedó petrificada. Ya no le preocupaba asustar a P. J. Ella misma estaba completamente aterrorizada.

—Somos esclavos que trabajan para ellos, pero también so-

45

mos su provisión de comida. Una provisión de comida que dura mucho tiempo, a lo largo de gran cantidad de procesos de alimentación —replicó la muchacha con brusquedad.

Maggie agachó la cabeza y apretó los puños.

—Bueno, en ese caso, es evidente que tenemos que escapar —masculló entre dientes.

La pelirroja lanzó una carcajada tan llena de amargura que Maggie sintió que le corría un escalofrío por la espalda.

—¿Quieres escapar? —preguntó, mirando a P. J.

—¡Déjala en paz! —le espetó la pelirroja—. No comprendes de lo que hablas. Sólo somos humanas; ellos son miembros del Night World. ¡No hay nada que podamos hacer contra ellos, nada!

—Pero...

—¿Sabes lo que los miembros del Night World hacen a los esclavos que intentan escapar?

Y entonces la muchacha le dio la espalda a Maggie. Lo hizo con un ágil giro que sobresaltó a la joven.

¿Habré herido sus sentimientos?, pensó Maggie estúpidamente.

La pelirroja echó una mirada atrás por encima del hombro, al mismo tiempo que se llevaba los brazos a la espalda para agarrar la parte inferior de su camisa.

La expresión era inescrutable, pero de improviso Maggie se sintió nerviosa.

—¿Qué haces?

La joven pelirroja le dedicó una sonrisita curiosa y se levantó la prenda, dejando la espalda al descubierto.

Alguien había estado jugando gato allí.

Las líneas estaban marcadas a cuchillo en la carne de la espalda, las señales de un rosa brillante y cicatrizadas sólo a medias. En los recuadros había equis y oes, de aspecto irregular y de un rojo más intenso porque en su mayoría estaban marcadas a fuego. Unas pocas daban la impresión de haber sido hechas con un cuchillo, como la posición estratégica en el centro que se habría ocupado primero. Alguien había ganado, había tres equis en diagonal, y había trazado a fuego una línea sobre las marcas ganadoras.

Maggie lanzó un grito ahogado, y siguió lanzando más. Empezó a hiperventilarse, y a continuación estuvo a punto de desmayarse.

El mundo pareció alejarse de ella, reduciéndose a un punto de luz unidimensional. Pero no había espacio para poder caer realmente, así que al desplomarse hacia atrás, golpeó la pared de la carreta. El mundo se bamboleó y regresó, brillando fuertemente.

—¡Oh, Dios mío! —dijo Maggie—. ¡Oh, Dios mío! ¿Ellos te han hecho eso? ¿Cómo han podido hacer algo así?

—Esto no es nada —replicó la muchacha—. Me lo hicieron la primera vez que escapé. Y ahora he vuelto a escapar... y me han atrapado otra vez. Esta vez me harán algo peor. —Soltó la prenda y ésta descendió para volver a cubrir la espalda.

Maggie intentó tragar saliva, pero tenía la boca demasiado seca. Antes de darse cuenta ya estaba en movimiento, y se encontró agarrando los brazos de la joven por detrás.

—¿Cómo te llamas?

—¿Qué imp...?

—¿Cómo te llamas?

La pelirroja le dedicó una mirada peculiar por encima del hombro. Luego los brazos se alzaron levemente bajo las manos de Maggie cuando se encogió de hombros.

—Jeanne.

—Jeanne. Esto tiene que acabar —dijo Maggie—. No podemos permitirles hacer cosas así a las personas. Y tenemos que escapar. Si ya van a castigarte por escapar, ¿qué importa si lo vuelves a intentar ahora? ¿No te parece?

A Maggie le gustó cómo sonaba, tranquila, competente y lógica. La veloz decisión de actuar no borró el recuerdo de lo que acababa de ver, pero hizo más soportable la situación. Había sido testigo de una injusticia e iba a hacer algo al respecto. Era así de simple. Había que poner fin a algo tan perverso.

Empezó a llorar.

Jeanne se dio la vuelta y le dedicó una larga mirada evaluativa. P. J. también lloraba, muy silenciosamente.

Maggie descubrió que se le agotaban las lágrimas; tampoco servían de nada. Cuando paró, Jeanne seguía observándola con ojos entornados.

—De modo que vas a enfrentarte a todo el Night World tú sola —dijo.

Maggie se secó las mejillas con las manos.

—No, con ustedes.

Jeanne la miró fijamente durante otro instante, luego se irguió con brusquedad.

—De acuerdo —dijo, de un modo tan repentino que sobresaltó a Maggie—. Hagámoslo. Si se te ocurre un modo.

Maggie miró en dirección a la parte trasera de la carreta.

—¿Qué hay de esas puertas?

—Cerradas y con una pesada cadena por fuera. No sirve de nada darles patadas.

Una imagen acudió a la mente de Maggie surgiendo de la nada. Miles y ella en un bote de remos en el lago Chelan con su abuelo. Balanceándolo deliberadamente mientras su abuelo gritaba y echaba chispas.

—¿Y si hacemos oscilar nuestro peso de un lado a otro? Si pudiésemos hacer volcar la carreta, a lo mejor las puertas reventarían. Ya sabes que los coches blindados siempre parecen hacer eso. O a lo mejor destrozaría una de las paredes lo suficiente para que pudiésemos salir.

—Y a lo mejor caeríamos directamente por un precipicio

—repuso Jeanne agriamente—. Hay un largo descenso hasta el valle, y esta carretera es estrecha. —Pero había un cierto respeto renuente en sus ojos—. Supongo que podríamos intentarlo cuando lleguemos a un prado —dijo despacio—. Conozco un lugar. No digo que funcione; probablemente no lo hará. Pero...

—Tenemos que intentarlo —replicó Maggie.

Miraba directamente a Jeanne, y por un momento hubo algo entre ellas... un fugaz momento de comprensión y acuerdo. Un vínculo.

—Una vez que consigamos salir, tendríamos que correr —dijo Jeanne, todavía lentamente—. Ellos están sentados ahí arriba. —Señaló el techo en la parte delantera de la carreta, por encima de la cabeza de Maggie—. Esta cosa es como una diligencia, ¿de acuerdo? Hay un asiento ahí arriba, y los dos hombres están en él. Los traficantes de esclavos profesionales son tipos duros. No nos permitirán que huyamos.

—Podrían resultar aplastados cuando rodemos por el suelo —repuso Maggie.

Jeanne se apresuró a negar con la cabeza.

—Los miembros del Night World son fuertes. Hace falta mucho más que eso para matarlos. Simplemente tendremos que salir corriendo y dirigirnos hacia el bosque tan rápido como podamos. Nuestra única posibilidad es perdernos entre los árboles... y confiar en que no puedan seguirnos el rastro.

—De acuerdo —respondió Maggie, y miró a P. J.—. ¿Crees que podrías hacerlo? ¿Simplemente correr y seguir corriendo?

P. J. tragó saliva dos veces, clavó los dientes en el labio superior y asintió. Hizo girar la gorra de beisbol en la cabeza de modo que la visera quedara atrás.

—Puedo correr —dijo.

Maggie le dedicó un gesto de aprobación con la cabeza. Luego miró a la cuarta chica, que seguía dormida hecha bola. Se inclinó al frente para tocar el hombro de la muchacha.

—Olvídalo —dijo Jeanne, tajante—. No podemos llevarla con nosotras.

Maggie alzó los ojos para mirarla, horrorizada.

—¿De qué hablas? ¿Por qué no?

6

—Porque no serviría de nada. Es como si ya estuviese muerta.

El semblante de Jeanne era tan duro y reservado como lo había sido al principio.

—Pero...

—¿Es que no lo ves? Nos haría ir más despacio. No hay modo de que pueda correr sin ayuda. Y además de eso, P. J. dice que es ciega.

Ciega. Una nueva pequeña sacudida recorrió a Maggie. ¿Cómo sería eso, estar en aquella situación y enferma y ciega además?

Dio un suave empujón al hombro de la muchacha, intentando ver su rostro oculto.

Pero qué hermosa es.

La muchacha tenía una tez tersa del color del café con leche, facciones delicadas, pómulos altos y labios perfectos. Llevaba la negra melena sujeta en un brillante nudo flojo a la altura del cuello. Los ojos estaban cerrados, y sus largas pestañas temblaban como si estuviese soñando.

Pero no se trataba sólo de sus facciones, no obstante. Había una serenidad en el rostro de aquella muchacha, una dulzura y quietud que eran... únicas.

—Eh, oye —dijo Maggie en voz muy baja—. ¿Puedes oírme? Soy Maggie. ¿Cómo te llamas?

Las pestañas de la joven aletearon; sus labios se entreabrieron. Ante la sorpresa de Maggie, murmuró algo, pero tuvo que inclinarse muy cerca para captarlo.

—¿Arcadia? —repitió.

Era un nombre extraño; no estaba segura de haberlo oído bien.

La muchacha pareció asentir, murmuró.

Puede oírme, pensó Maggie. *Ha respondido.*

—De acuerdo. ¿Puedo llamarte Cady? Escúchame, Cady. —Sacudió levemente el hombro de la muchacha—. Estamos en un mal sitio pero vamos a intentar escapar. Si te ayudamos a salir, ¿crees que podrás correr?

Las pestañas volvieron a aletear. Y por fin aquellos ojos se abrieron.

Eran ojos de borreguito, se dijo Maggie, sobresaltada. Eran extraordinariamente grandes y límpidos, de un castaño cálido con un resplandor interior. Y podrían estar ciegos, pero Maggie tuvo la extrañísima sensación de que acababa de ser vista con más claridad de lo que la habían visto en su vida.

—Lo intentaré —murmuró Cady, con una voz que sonaba aturdida y dolorida, pero sosegadamente racional—. A veces recupero la fuerza durante un rato.

Se incorporó con dificultad. Maggie tuvo que ayudarla para que consiguiese sentarse.

Es alta. Pero muy liviana... y tengo unos buenos músculos. Puedo sostenerla.

—¿Qué es lo que haces? —inquirió Jeanne en una voz que era no sólo áspera e impaciente sino incluso horrorizada—. ¿No te das cuenta? No haces más que empeorarlo todo. Deberías haberte limitado a dejarla dormir.

Maggie alzó la vista un momento.

—Mira. No sé qué buscas, pero no podemos dejarla con ellos. ¿Qué te parecería que te dejaran atrás si fueses tú?

El rostro de Jeanne se transformó. Por un momento, pareció más un animal salvaje que una muchacha.

—Lo comprendería —gruñó—. Porque es así como tiene que ser. Aquí impera la ley de la selva. Únicamente los fuertes sobreviven. Los débiles... —Sacudió la cabeza—. Están mejor muertos. Y cuanto más rápido aprendas eso, más posibilidades tendrás.

Maggie sintió un arrebato de horror, cólera... y miedo. Porque estaba claro que Jeanne era quien más sabía sobre aquel lugar, y tal vez tuviera razón. Podrían atraparlas a todas debido a una persona débil que de todos modos no podría conseguirlo...

Giró la cabeza y volvió a mirar el hermoso rostro. Arcadia tenía la edad de Miles, dieciocho o diecinueve. Y aunque parecía oír lo que Jeanne decía —había vuelto la cabeza hacia ella—, no habló ni discutió; tampoco perdió la tranquila dulzura.

No puedo dejarla. ¿Y si Miles estuviese vivo pero herido en alguna parte y alguien no quisiese ayudarlo?

Dirigió una veloz ojeada a P. J. con su gorra de beisbol. Era joven; podría ser capaz de cuidar de sí misma, pero eso era todo.

—Mira, esto no es problema tuyo —le dijo por fin a Jeanne—. Limítate a ayudar a P. J. a ponerse a salvo, ¿de acuerdo? Ocúpate de ella, yo me haré cargo de Cady.

—Te atraparán junto con Cady —declaró la otra en tono categórico.

—No te preocupes por eso.

—No lo hago. Y te lo digo ahora: no voy a ayudarte si tienes problemas.

—No quiero que lo hagas —replicó Maggie, y miró directamente al interior de los furiosos ojos de Jeanne—. En serio. No quiero echar por tierra tus posibilidades, ¿de acuerdo? Pero no voy a dejarla.

Jeanne mantuvo la expresión furiosa durante un momento; luego se encogió de hombros y le desapareció toda emoción del rostro como si se distanciara deliberadamente. El vínculo que Maggie y ella habían compartido durante aquel breve instante quedó roto.

Se volvió, miró por una rendija que había a su espalda, y luego se volvió de nuevo.

—Estupendo —dijo en un tono apagado e indiferente—. Lo que sea que vayas a hacer, será mejor que te prepares para hacerlo ahora. Porque estamos casi en el lugar.

—¿Listas? —preguntó Maggie.

Estaban todas levantadas —o en cuclillas, de hecho, ya que no había espacio para erguirse—, con las espaldas contra las paredes del vehículo. Jeanne y P. J. en un lado, Maggie en el otro, Cady, en la esquina.

—Cuando diga ya, ustedes saltan hacia aquí. Luego todas juntas nos lanzaremos de vuelta en esa dirección —susurró Maggie.

Jeanne atisbaba por la rendija.

—De acuerdo, es aquí —dijo—. Ahora.

—¡Ya! —exclamó Maggie.

Le había preocupado un poco que P. J. se quedara paralizada; pero en cuanto la palabra salió de la boca de Maggie, Jeanne se arrojó al otro lado de la carreta, chocando violentamente contra ella, y P. J. la siguió. El vehículo se balanceó de un modo sorprendentemente pronunciado y Maggie oyó el crujir de la madera.

—¡Ahora! —gritó, y las tres se abalanzaron en la otra dirección.

Maggie golpeó contra una pared maciza y supo que le saldrían moretones, pero la carreta volvió a balancearse.

—¡Vamos! —aulló, y comprendió que todas se movían ya, arrojándose contra el lado opuesto en perfecta sincronización.

Era como si un instinto de grupo hubiese tomado el control y las tres se movieran como una sola, arrojando su peso alternativamente a un lado y a otro.

Y la carreta respondía, deteniéndose con un chirrido y dando bandazos. Era como uno de esos trucos de salón en los que cinco o seis personas usan sólo dos dedos cada una para levantar a alguien sentado en una silla. Su fuerza combinada era impresionante.

Pero no suficiente para volcar la carreta, que estaba sorprendentemente bien equilibrada. Y en cualquier momento, comprendió Maggie, los que la conducían saltarían al suelo y pondrían fin a todo ello.

—¡Todas... vamos! ¡Con mucha fuerza! ¡Con mucha fuerza! —Gritaba como si diese ánimos a su equipo de futbol—. Tenemos que lograrlo, ahora.

Se lanzó contra el otro lado mientras el vehículo empezaba a oscilar en aquella dirección, saltando tan alto como pudo y golpeando la pared cuando el vehículo alcanzó el punto más alejado de su balanceo. Pudo sentir cómo las otras muchachas se arrojaban con ella; pudo oír cómo Jeanne profería un alarido primitivo a la vez que chocaba contra la madera.

Y entonces se oyó un sonido de madera que se astillaba, increíblemente fuerte, increíblemente prolongado. Una especie de quejido y chirrido que surgió de la propia madera, y un alarido aún más fuerte de pánico que, como Maggie comprendió, debía de proceder de los caballos. El mundo entero se tambaleaba y perdía la estabilidad... y de improviso Maggie descubrió que caía.

No había pensado que sería algo tan violento, o tan confuso.

No estaba segura de lo que sucedía, salvo que ya no había suelo y que estaba envuelta por un caos ensordecedor de golpes, chirridos, sollozos y oscuridad. Daba volteretas y más volteretas, y notaba cómo los brazos y las piernas de las demás la golpeaban. Una rodilla le alcanzó la nariz, y durante unos pocos instantes tan sólo pudo pensar en el dolor.

Y entonces, de un modo repentino, todo quedó quieto.

Creo que nos he matado a todas, pensó.

Pero entonces reparó en que veía la luz del día... pálida y débil, pero toda una gran extensión de ella. La carreta estaba totalmente patas arriba y las puertas de la parte posterior se habían desvencijado.

¡Al final ha cedido!, pensó. *Igual que los vehículos blindados de las películas.*

En el exterior, alguien gritaba. Un hombre. Maggie no había oído nunca una furia tan fría; aquello eliminó las últimas telarañas de su mente.

—¡Vamos! ¡Tenemos que salir!

Jeanne gateaba ya por el suelo (que anteriormente había sido el techo) en dirección a las puertas que colgaban hacia afuera.

—¿Estás bien? ¡Vamos, muévete, muévete! —gritó Maggie a P. J.—. ¡Síguela!

Un rostro asustado y blanco se volvió hacia ella, y en seguida la niña empezó a obedecer.

Cady yacía hecha bola. Maggie no perdió tiempo en charlas, sino que la agarró por debajo de los brazos y la sacó a la luz.

Una vez fuera, vislumbró a P. J. corriendo y a Jeanne que trataba de llamar su atención agitando la mano a derecha e izquierda. Luego intentó comprender la escena que la rodeaba. Vio una línea de árboles, cuyas copas estaban ocultas tras vapores con aspecto de nube y los rebordes desdibujados por la neblina.

Neblina, pensó. *Recuerdo que...*

Pero su pensamiento quedó interrumpido de golpe casi antes de iniciarse y se encontró corriendo pesadamente hacia el bosque, llevando casi en el aire a Arcadia en su pánico. La zona llana por la que corría era un prado subalpino, como los que había visto a menudo en sus excursiones. En primavera sería una masa soberbia de altramuces azules y pinceles indios de color rosa. En aquellos momentos era sólo una maraña de hierba seca que le impedía avanzar de prisa e intentaba hacerla tropezar.

—¡Ahí van! ¡Atrápalas! —El áspero grito provenía de detrás de ella.

No mires atrás, se dijo. *No disminuyas la marcha.*

Pero no pudo evitarlo y torció la cabeza para mirar por encima del hombro. Por primera vez vio lo que le había sucedido a la carreta.

Había caído justo fuera de una calzada estrecha, sobre la inclinada ladera situada a sus pies. Habían tenido suerte, pues tan sólo un saliente de roca oscura les había impedido caer más. La dejó atónita lo maltrecha que había quedado la carreta: parecía una caja de cerillos hecha añicos. Arriba, los caballos parecían enredados entre riendas, varas y sujeciones; uno de ellos seguía caído en el suelo y forcejeaba frenéticamente. Maggie sintió una distante oleada de remordimiento; esperó que no se hubiese roto las patas.

También había dos hombres que descendían como podían por la ladera.

De ellos provenían los gritos. Y uno estaba señalando directamente a Maggie.

Corre, pensó ella. *¡Deja de mirar ya. Corre!*

Se adentró en el bosque, arrastrando a Cady con ella. Tenían que encontrar un lugar donde ocultarse: una zona de arbustos o algo parecido. A lo mejor podrían trepar a un árbol...

Pero echó una mirada a Cady y comprendió lo estúpida que

era esa idea. La tersa piel del rostro de la muchacha estaba pegajosa y luminosa debido al sudor, sus ojos estaban entrecerrados por el esfuerzo, y respiraba afanosamente.

Al menos Jeanne y P. J. han escapado, pensó.

Justo entonces sonó un gran estrépito detrás de ella, y una voz que maldecía. Maggie echó otra ojeada atrás y se encontró contemplando la figura de un hombre en la niebla.

Un hombre aterrador. La neblina que se arremolinaba a su espalda le daba un aspecto fantasmagórico, sobrenatural, pero era más que eso. Era enorme, con hombros tan anchos como un tablón, un pecho inmenso y unos brazos de potente musculatura. Su cintura era sorprendentemente estrecha. Su rostro era cruel.

—¡Gavin! ¡Tengo a dos de ellas! —gritó.

Maggie no esperó a oír más. Salió huyendo como un venado de cola negra.

Y durante un tiempo que le pareció una eternidad estuvo sumida en una pesadilla de correr y ser perseguida; sólo a veces se detenían cuando ya no podía sostener en pie a Cady, para buscar lugares en los que ocultarse. Al cabo de un rato, Cady y ella estaban apretadas la una contra la otra dentro de un árbol hueco; intentaban con desesperación recuperar el aliento sin hacer ruido. En ese momento, sus perseguidores pasaron justo por su lado. Maggie oyó pisadas aplastando helechos y empezó a rezar. Podía percibir el corazón de Cady latiendo con fuerza, sacudiéndolas a ambas, y reparó en que los labios de la muchacha se movían en silencio.

Quizá también esté rezando, se dijo, y aplicó el ojo a una rendija en el árbol.

Había dos personas allí, espantosamente cerca, a sólo unos pocos metros. Uno era el hombre al que había visto antes y hacía algo grotesco, algo que le provocó escalofríos por la espalda. Volvía la cara a un lado y a otro con los ojos cerrados, girando la cabeza; su cuello era sorprendentemente largo y flexible.

Es como si nos estuviese olfateando, pensó Maggie, horrorizada.

Con los ojos todavía cerrados, el hombre dijo:

—¿Percibes algo?

—No. No las capto en absoluto. Y no puedo verlas con estos árboles ocultándolas.

Era un hombre más joven el que hablaba; un muchacho, en realidad. Debía de ser Gavin, se dijo Maggie. Gavin tenía el pelo de un rubio oscuro, una nariz delgada y un mentón afilado. Su voz era impaciente.

—Yo tampoco consigo captarlas —dijo el más corpulento en tono tajante, sin permitir que lo apremiaran—. Y es extraño. No pueden haber ido demasiado lejos. Deben de estar bloqueándonos.

—No me importa lo que estén haciendo —replicó Gavin—. Será mejor que las recuperemos de prisa. No son esclavas corrientes. Si no entregamos a esa doncella estamos muertos. Tú estás muerto, Bern.

¿Doncella?, pensó Maggie. *Imagino que en un lugar donde tienen esclavos no resulta raro oír hablar de doncellas. Pero ¿a qué chica se refiere? No a mí; yo no soy importante.*

—La recuperaremos —decía Bern en aquel momento.

—Será mejor que lo hagamos —replicó Gavin con ferocidad—. O le diré a ella que fue culpa tuya. Se suponía que teníamos que asegurarnos de que esto no sucediera.

—No ha sucedido aún —contestó Bern, y giró sobre los talones y penetró en la neblina.

Gavin lo siguió con la mirada por un momento, y luego fue tras él.

Maggie soltó aire. Advirtió que los labios de Cady habían dejado de moverse.

—Vámonos —musitó, y emprendió la marcha en dirección opuesta a la que habían tomado los hombres.

A continuación, durante un tiempo interminable, estuvieron corriendo, deteniéndose a ratos para afinar el oído y ocultarse. El bosque era un lugar terrible. Las rodeaba una espectral luz crepuscular, aún más fantasmagórica a causa de la neblina que yacía en hondonadas y reptaba por encima de los árboles caídos. Maggie sentía como si estuviese dentro de algún horrible cuento de hadas. Lo único bueno era que la humedad amortiguaba sus pisadas, lo que dificultaba que las localizaran.

Pero estaba todo tan silencioso. No había cuervos, no había arrendajos. No había venados. Sólo la neblina y los árboles, que parecían no acabar nunca.

Y entonces acabó.

Maggie y Cady irrumpieron de improviso en otro prado. Maggie echó una frenética ojeada en derredor, buscando un refugio. Nada. La neblina era más fina allí, y pudo ver que no había árboles más adelante, únicamente un afloramiento rocoso.

Tal vez deberíamos volver sobre nuestros pasos...

Pero las voces gritaban en el bosque detrás de ellas.

Por encima de las rocas había una repisa desnuda. Parecía el final de un sendero, que descendía sinuoso por el otro lado de la montaña.

Si pudiéramos llegar allí, estaríamos a salvo, pensó Maggie. *No tardaríamos ni un minuto en doblar el recodo y quedar fuera de la vista.*

Jalando a Cady, se dirigió hacia las rocas. No pertenecían a aquel lugar; eran enormes peñascos de granito depositados por algún antiguo glaciar. Maggie trepó por el costado de uno con facilidad, luego se inclinó hacia abajo.

—Dame la mano —dijo a toda prisa—. Hay un sendero que sube por encima de donde estamos, pero tenemos que trepar un poco.

Cady la miró.

O... no miró, supuso Maggie. Pero volvió la cabeza hacia ella, y una vez más ésta tuvo la curiosa impresión de que aquellos ojos ciegos podían en cierto modo ver mejor que los de mucha gente.

—Deberías dejarme —dijo Cady.

—No seas estúpida —repuso Maggie—. Date prisa, dame la mano.

Cady negó con la cabeza.

—Ve tú —dijo en voz baja.

Parecía totalmente racional... y absolutamente agotada. No había perdido la serenidad que la había imbuido desde el principio, pero ahora ésta parecía estar mezclada con una dulce resignación. Su rostro de delicados huesos estaba contraído por el cansancio.

—Sólo te obligaré a ir más despacio. Y si me quedo aquí, te será más fácil huir.

—¡No pienso abandonarte! —le espetó Maggie—. ¡Vamos!

Arcadia permaneció así durante sólo un segundo, con el rostro alzado hacia el de Maggie; luego sus límpidos y luminosos ojos castaños se llenaron de lágrimas. Mostraba una expresión de indecible ternura. Entonces sacudió la cabeza levemente y agarró la mano de Maggie... con suma precisión.

Maggie no perdió tiempo. Trepó tan de prisa cómo pudo, jalando a Cady y transmitiendo veloces instrucciones entrecortadas. Pero el retraso tuvo un precio. Podía oír cómo los hombres se acercaban.

Cuando al fin alcanzó el otro extremo del montón de peñascos vio algo que la conmocionó.

Ante ella se alzaba la pared desnuda de un precipicio. No existía conexión entre las rocas y la saliente que empezaba a lo alto. Y por debajo de ella, la ladera descendía abruptamente, en una pendiente de unos treinta metros que conducía al interior de un desfiladero.

Había llevado a Cady a una trampa.

No había ningún otro sitio al que dirigirse.

7

Maggie podría haber conseguido alcanzar el sendero situado arriba... de haber estado sola. Era una ascensión fácil, de tercer grado como mucho. Pero no estaba sola. Y no había modo de poder guiar a Arcadia en la ascensión a una pared como aquélla.

Tampoco había tiempo para dar media vuelta y regresar al bosque.

Nos van a atrapar, comprendió.

—Baja —le susurró a Cady.

Había un hueco en la base del montón de peñascos. Sólo una de ellas cabría en su interior, pero al menos se trataba de un refugio.

Mientras empujaba a Cady abajo dentro de él, oyó un grito procedente del linde del bosque.

Maggie se aplastó contra la roca. El musgo y los líquenes la volvían resbaladiza, y la muchacha se sintió tan al descubierto como una lagartija sobre una pared. Todo lo que pudo hacer fue mantenerse allí aferrada y escuchar los sonidos de los dos hombres, que estaban cada vez más cerca.

Y más cerca, hasta que Maggie pudo oír una respiración áspera al otro lado de los peñascos.

—Es un callejón sin salida... —empezó a decir la voz juvenil de Gavin.

—No. Están aquí. —Y ése, por supuesto, era Bern.

Y entonces se oyó el sonido más horrible del mundo. Los gruñidos de alguien que trepaba por las rocas.

Nos han atrapado.

Maggie miró a su alrededor buscando una arma desesperadamente.

Ante su sorpresa, encontró una, allí mismo, como si se la hubiesen dejado ex profeso. Una rama seca encajada entre las rocas situadas por encima de ella. Alargó el brazo para cogerla; su corazón latía a toda velocidad. Era más pesada de lo que parecía; el clima debía de ser demasiado húmedo allí para que algo se secara realmente.

Y las rocas están húmedas, también. Húmedas y resbaladizas. Eso sí, este lugar tiene algo bueno: tendrán que venir a por nosotras de uno en uno. A lo mejor puedo tirarlos, de uno en uno.

—No te muevas —susurró a Cady, intentando conseguir que el aliento le durase hasta el final de la corta frase—. Tengo una idea.

Cady parecía más allá del agotamiento. Su hermoso rostro estaba crispado, unos finos temblores le sacudían brazos y piernas, y respiraba con silenciosos estremecimientos. El pelo se le había soltado en una oscura cortina alrededor de los hombros.

Maggie se dio la vuelta, con el corazón en la garganta y un pulso desbocado en las yemas de los dedos, y observó con atención la parte superior de las rocas.

Pero cuando lo que esperaba ver apareció realmente, sintió una terrible sacudida, como si fuese totalmente inesperado. No podía creer que estuviese viendo la coronilla rapada de un hombre, luego la frente, luego el rostro cruel. Bern. Trepaba igual que una araña, sosteniéndose mediante las yemas de los dedos. Hicieron aparición los enormes hombros y luego el fornido pecho.

Y miraba directamente a Maggie. Sus ojos se encontraron con los de ella y los labios se curvaron en una sonrisa.

Un chorro de adrenalina la recorrió y se sintió casi desconectada del cuerpo, como si pudiese flotar lejos de él. Pero no perdió el conocimiento. Permaneció inmóvil mientras el terror zumbaba a través de ella igual que electricidad... y aferró con más fuerza el palo.

Bern siguió sonriendo, pero los ojos eran oscuros e inexpresivos. Al mirar en su interior, Maggie no tuvo ninguna sensación de conectar con otra mente parecida a la suya.

No es humano. Es... alguna otra cosa, dijo una parte distante de su mente con absoluta convicción.

Y entonces una de las piernas del hombre surgió, con los fornidos músculos marcados bajo los pantalones, y a continuación se erguía ya para quedar de pie, frente a ella, imponente como una montaña.

Maggie se apuntaló, sujetando con fuerza el bastón.

—Mantente apartado de nosotras.

—Ya me han causado demasiados problemas —dijo Bern—. Voy a enseñarte algo.

Sonó un ruidito detrás de ella. Echó una ojeada atrás alarmada y vio que era Cady, que intentaba levantarse.

—No lo hagas —dijo Maggie con severidad.

De todos modos, Cady tampoco pudo hacerlo, y, tras unos instantes tratando de salir del hueco, volvió a dejarse caer, con los ojos cerrados.

Maggie miró de nuevo al frente y vio que Bern arremetía contra ella.

Impelió el bastón hacia afuera. Fue algo totalmente instintivo. No apuntó a la cabeza o al estómago, sino que lo clavó en un hoyo del tamaño de un puño cerca de los pies del hombre, convirtiendo el palo en una barrera para hacerle tropezar.

Casi funcionó.

El pie de Bern quedó atrapado bajo la rama y la embestida se descontroló. Maggie vio cómo empezaba a perder el equilibrio; pero no era el enorme simio todo músculo que parecía ser y, al cabo de un instante, ya se recuperaba, desplazando el peso del cuerpo a un lado a la vez que clavaba con fuerza un pie para detener la caída.

Maggie intentó extraer el palo, para volver a utilizarlo, pero Bern era realmente rápido. Se lo arrancó de la mano, dejándole astillas en la palma, y luego lo arrojó por encima de la cabeza, como una lanza. Maggie oyó cómo golpeaba contra la roca a su espalda con una fuerza fulminante.

Intentó echarse a un lado, pero era ya demasiado tarde. La enorme mano de Bern se movió al frente como un relámpago y la atrapó.

La sujetó por ambos brazos, alzándose amenazador sobre ella.

—¿Intentas enfrentarte a mí? —preguntó con incredulidad—. ¡¿A mí?! Echa un vistazo a esto.

Sus ojos ya no eran fríos e inexpresivos. La cólera brotaba de ellos igual que el olor caliente de un animal. Y entonces...

El hombre cambió.

No fue como nada que Maggie hubiese visto jamás. Ella lo miraba a la cara, intentando mostrarse desafiante, cuando las facciones parecieron ondular. El áspero pelo oscuro de la cabeza se agitó y se extendió en oleadas hacia abajo por el rostro igual que hongos creciendo sobre un tronco. El horror le revolvió el estómago a Maggie, que temió ponerse a vomitar, pero no podía dejar de mirar.

Los ojos del hombre empequeñecieron, con los iris castaños fluyendo al exterior para cubrir el blanco del ojo. Nariz y boca se prolongaron al frente y la barbilla se hundió. Dos orejas redondas se desenrollaron igual que flores horribles en lo alto de la cabeza. Y cuando Maggie consiguió apartar con un gran es-

66

fuerzo los ojos de su rostro, vio que el cuerpo había adoptado la forma de un bulto informe y descomunal; los hombros anchos habían desaparecido, igual que la cintura; las piernas largas de musculatura protuberante eran apéndices achaparrados situados muy cerca del suelo.

Seguía sujetando a Maggie con fuerza, pero no con manos, sino con burdas patas provistas de zarpas en los extremos y que eran increíblemente fuertes. Ya no era una persona, sino algo enorme y con una vaga forma de persona. Era un oso negro, y sus relucientes ojillos de cerdo estaban clavados en los de la joven con un placer animal. Emitía un salvaje olor almizcleño que se introdujo en la garganta de Maggie y le produjo arcadas.

Acabo de ver transformarse a un cambiante, pensó Maggie con una estupefacción que parecía vaga y distante. Lamentó haber dudado de Jeanne.

Y sintió haberlo echado todo a perder para Cady... y para Miles. Sylvia había tenido razón. No era más que una chica corriente, sólo que tal vez extraordinariamente estúpida.

Abajo en los peñascos inferiores, Gavin reía maliciosamente, observando como si se tratara de un partido de rugby.

El oso abrió la boca, mostrando unos dientes de color marfil, más oscuros en las raíces, y gran cantidad de saliva. Maggie vio el brillo de un hilillo de baba en el pelo de la quijada y sintió cómo las zarpas se flexionaban sobre sus brazos, alzándola hacia él, y entonces...

Cayó un rayo.

Eso fue lo que pareció. Un fogonazo que la cegó, tan brillante como el sol, pero azul. Echó chispas ante sus ojos, dando la impresión de bifurcarse una y otra vez, escindiéndose y volviendo a unirse a la masa principal de energía. Parecía tener vida.

Estaba electrocutando al oso.

El animal había quedado totalmente rígido, la cabeza echada hacia atrás, la boca más abierta de lo que Maggie habría creído posible. La energía lo había golpeado justo por debajo de lo que habría sido el cuello en un hombre.

Vagamente, Maggie fue consciente de que Gavin emitía un sonido débil de terror. Tenía la boca tan abierta como la de Bern, y sus ojos estaban fijos en el rayo.

Pero no era un rayo, porque no cayó y paró, sino que siguió echando chispas en el interior de Bern, cambiando de forma a cada segundo. Pequeños destellos eléctricos corrían como flechas por entre el pelaje erizado, crepitando por el pecho y el vientre y también alrededor del hocico. A Maggie le pareció alcanzar a ver llamas azules en la caverna que era la boca.

Gavin lanzó un alarido agudo e inhumano y gateó hacia atrás, fuera de las rocas, huyendo.

Maggie no prestó atención adónde iba. Tenía la mente ocupada por una única idea.

Tenía que conseguir que Bern la soltara.

No tenía ni idea de qué le estaba sucediendo, pero sí sabía que lo estaban matando. Y que cuando estuviese muerto caería rodando por la montaña y la arrastraría con él.

Podía oler a quemado, el hedor de carne y pelo humeantes, y podía ver efectivamente espirales blancas de humo alzándose del pelaje. Lo estaban asando de dentro a fuera.

Tengo que hacer algo de prisa.

Se retorció y pateó, intentando soltarse de las garras que parecían aferrarla de un modo instintivo. Empujó y forcejeó, tratando de conseguir que aflojara la presión sólo un par de centímetros. No funcionó. Era como si la estuviese asfixiando una alfombra de piel de oso, un pellejo maloliente que estaba quemándose. Desconocía por qué el rayo no la mataba también a ella. Todo lo que sabía era que el tamaño y peso de aquella criatura la estaba aplastando y que iba a morir.

Y entonces dio un violento empujón y pateó tan fuerte como

pudo la parte baja del vientre del animal. Sintió el impacto contra la carne maciza cuando su espinilla contactó con el cuerpo. E, increíblemente, notó cómo él retrocedía, trastabillando hacia atrás, a la vez que las enormes patas delanteras la soltaban.

Maggie cayó sobre la roca y extendió instintivamente brazos y piernas para tratar de aferrarse a cualquier asidero y evitar resbalar montaña abajo. Por encima de ella, el oso permaneció en pie y tembló durante otro segundo, con aquella energía de un azul tremendamente brillante atravesándolo como una lanza. Entonces, tan de improviso como había aparecido, el rayo desapareció. El oso se tambaleó por un momento, y luego se desplomó igual que una marioneta a la que hubieran cortado los hilos.

Cayó hacia atrás, al vacío. Maggie alcanzó a ver brevemente cómo golpeaba contra unas rocas, rebotaba y seguía cayendo; luego volvió la cabeza y dejó de mirarlo.

En sus párpados cerrados había quedado grabada una llameante confusión de imágenes residuales amarillas y negras, y respiraba tan de prisa que se sentía mareada. Notaba debilidad en brazos y piernas.

¿Qué demonios ha sido eso?

Aquel rayo le había salvado la vida. Pero seguía siendo lo más aterrador que había visto nunca.

Alguna clase de magia. Magia pura. *Si estuviese rodando una película y necesitara un efecto especial para la magia, eso sería lo que usaría.*

Alzó la cabeza despacio.

El rayo había provenido de la dirección en que estaba el saliente. Al mirar hacia allí, vio al muchacho.

Estaba tranquilamente de pie, haciendo algo con el brazo izquierdo; se ataba un pañuelo alrededor de una mancha de sangre en la muñeca, o eso parecía. Su rostro estaba parcialmente vuelto de espaldas a ella.

No es mucho mayor que yo, pensó Maggie, sobresaltada. O...

¿lo es? Había algo en él, una seguridad en el modo en que permanecía erguido, una resuelta competencia en los movimientos, que le daba la apariencia de un adulto.

E iba vestido como un participante en una feria medieval. Maggie había estado en una en Oregón hacía dos veranos, en la que todo el mundo iba vestido como en la Edad Media, se comían muslos enteros de pavo asado y se celebraban justas. Aquel chico llevaba botas y una esclavina oscura sin adornos y podría haber hecho acto de presencia en ella e iniciado un combate a espada sin desentonar lo más mínimo.

En las calles de Seattle, Maggie le habría echado una mirada y se habría muerto de risa. En aquel lugar, no sentía ni el más leve deseo de sonreír.

El Reino Oscuro, pensó. *Esclavos, doncellas, cambiantes... y magia. Probablemente es un mago. ¿En qué me he metido?*

El corazón le latía con fuerza y tenía la boca tan seca que su lengua parecía papel de lija. Pero había algo más fuerte que el miedo en su interior. Gratitud.

—Gracias —dijo.

Él ni siquiera alzó la vista.

—¿Por qué? —Tenía una voz cortante y brusca.

—Por salvarnos. Quiero decir... lo has hecho tú, ¿verdad?

Entonces sí que alzó los ojos, para evaluarla con semblante frío y hostil.

—¿El qué? —dijo en el mismo tono antipático.

Pero Maggie lo miraba fijamente, sobresaltada por un repentino reconocimiento que danzó en los bordes de su mente y luego se alejó de un modo exasperante.

Tuve un sueño... ¿no es así? Y había alguien como tú en él. Se parecía a ti, pero su expresión era distinta. Y dijo... me dijo algo que era importante...

¡No conseguía recordarlo! Y el muchacho seguía observándola, impaciente.

—Esa... cosa. —Maggie movió los dedos, intentando simular oleadas de energía—. Esa cosa que lo hizo caer del risco. Ha sido obra tuya.

—El fuego azul. Pues claro. ¿Qué otra persona tiene el Poder? Pero no lo he hecho por ti. —Su voz era como un viento helado soplando hacia ella.

Maggie lo miró pestañeando.

No tenía ni idea de qué decir. Una parte de ella quería interrogarlo, y otra parte repentinamente sentía deseos de golpearlo. Una tercera parte, puede que más lista que las otras dos, quería salir corriendo como había hecho Gavin.

Venció la curiosidad.

—Ok, ¿por qué lo has hecho, entonces? —preguntó.

El muchacho echó un vistazo al saliente sobre el que estaba de pie.

—Me ha arrojado un palo. Madera. Así que lo he matado. —Se encogió de hombros—. Así de sencillo.

No te lo ha tirado a ti, pensó Maggie, pero él seguía hablando.

—No podía importarme menos lo que te estaba haciendo. Eres sólo una esclava. Y él era sólo un cambiante con el cerebro de un oso. Ninguno de ustedes importa.

—Bueno... no importa por qué lo hiciste. De todos modos nos has salvado a las dos... —Echó una ojeada a Arcadia en busca de confirmación... y se interrumpió bruscamente.

»¿Cady?

Abrió los ojos de par en par, luego gateó por encima de las rocas en dirección a la otra muchacha.

Arcadia seguía aún tendida en el hueco, pero su cuerpo estaba ahora flácido. La oscura cabeza colgaba sin fuerzas del delgado cuello y tenía los ojos cerrados; la piel sobre el rostro estaba muy rígida.

—¡Cady! ¿Puedes oírme?

Por un terrible segundo pensó que la joven estaba muerta.

Luego vio el leve movimiento ascendente y descendente del pecho y oyó el tenue sonido de una respiración.

Había una aspereza en la respiración que a Maggie no le gustó. Y a aquella distancia podía percibir el calor que emanaba de la piel de Cady.

Tiene mucha fiebre. Tanto correr y trepar ha hecho que empeore. Necesita ayuda, y de prisa.

Volvió a mirar hacia el muchacho.

Éste había acabado con el pañuelo y retiraba en aquel momento la parte superior de una especie de bolsa de cuero.

De improviso los ojos de Maggie enfocaron con claridad. No era una bolsa de cuero; era una cantimplora, y él la inclinaba hacia arriba para beber.

Agua.

De golpe volvió a ser consciente de su propia sed. La había relegado al fondo de la mente, un dolor constante que podía ser olvidado mientras intentaba escapar de los traficantes de esclavos. Pero ahora era como un fuego abrasador dentro de ella. Era la cosa más importante del mundo.

Y Arcadia la necesitaba aún más que ella.

—Por favor —dijo—. ¿Puedes darnos un poco? ¿Podrías arrojármela? La ataparía.

Él le dirigió una veloz mirada, no sobresaltado sino con frío fastidio.

—¿Y cómo se supone que voy a recuperarla?

—Yo misma subiré a devolvértela. Puedo trepar hasta ahí arriba.

—No puedes —replicó él, tajante.

—Mira cómo lo hago.

Subió. Le resultó tan fácil como había previsto; había gran cantidad de buenos asideros para los dedos de las manos y los pies.

Cuando se alzó sobre el saliente junto a él, el muchacho se

encogió de hombros, pero sus ojos mostraban un respeto renuente.

—Eres rápida —dijo—. Toma. —Le tendió la bolsa de cuero.

Pero Maggie se limitaba a mirarlo fijamente. Tan de cerca, la sensación de familiaridad era abrumadora.

Eras tú el de mi sueño, pensó. *No era simplemente alguien que se parecía a ti.*

Lo reconoció todo en él. El cuerpo ágil y bien musculado, y el modo que tenía de permanecer en pie como si estuviese lleno de tensión fuertemente retenida; el pelo oscuro con las diminutas ondulaciones allí donde se alborotaba; aquel rostro hosco y tenso, aquellos pómulos marcados, aquella boca testaruda.

Y en especial los ojos. Aquellos ojos amarillos, audaces y de negras pestañas, que parecían contener interminables capas de límpido resplandor, y que eran ventanas al cerebro extremadamente inteligente que había tras ellos.

La única diferencia era la expresión. En el sueño, había sido ansiosa y tierna. Ahora parecía falta de alegría y amarga... y fría. Como si todo su ser estuviese recubierto de una capa muy fina de hielo.

Pero eras tú, se dijo Maggie. *No simplemente alguien parecido a ti, porque no creo que exista nadie parecido a ti.*

Sumida todavía en sus recuerdos, dijo:

—Me llamo Maggie Neely. ¿Cómo te llamas?

Pareció desconcertado. Los ojos dorados se abrieron como platos, luego se entornaron.

—¿Cómo osas preguntarlo? —soltó.

Su expresión sonó de lo más natural por más que dijera «Cómo osas», aunque Maggie no creía haber oído a nadie decirlo fuera de una película.

—Tuve un sueño sobre ti —respondió ella—. Aunque... no era exactamente yo teniendo un sueño sino que era más bien como si me lo enviaran. —Empezó a recordar detalles—. No hacías más que decirme que tenía que hacer algo...

—Me importan un comino tus sueños —dijo el muchacho en tono seco—. Bien, ¿quieres el agua o no?

Maggie recordó lo sedienta que estaba. Alargó ansiosamente las manos para tomar la bolsa de cuero.

Él siguió sujetándola, sin entregársela.

—Sólo hay suficiente para uno —dijo, todavía con brusquedad—. Bébela aquí.

Maggie pestañeó. El chico tenía razón: la bolsa tenía un tacto decepcionantemente flácido en sus manos. Dio un pequeño jalón y oyó un tenue chapoteo.

—Cady necesita un poco, también. Está enferma.

—Está más que enferma. Está casi muerta. No servirá de nada desperdiciarla en ella.

No puedo creer que esté oyendo esto otra vez, pensó Maggie. *Es igualito que Jeanne.*

Tiró con más fuerza de la bolsa.

—Si quiero compartirla con ella, es asunto mío, ¿de acuerdo? ¿Por qué tendría que importarte?

—Porque es estúpido. Sólo hay suficiente para uno.

—Oye...

—No me tienes miedo, ¿verdad? —preguntó él bruscamente.

Sus brillantes ojos amarillos estaban fijos en ella como si pudiera leerle los pensamientos.

Resultaba extraño, pero no sentía miedo, no exactamente. O sí que lo sentía, pero algo dentro de ella la obligaba a seguir adelante a pesar de ello.

—En cualquier caso, es mi agua —dijo él—. Y yo digo que sólo hay suficiente para uno. Fuiste una idiota al intentar protegerla antes, cuando podrías haber huido. Ahora tienes que olvidarte de ella.

Maggie tuvo la extrañísima sensación de que la estaban poniendo a prueba. Pero no había tiempo para descifrar para qué o por qué.

—Fantástico. Es tu agua —repuso, haciendo que su voz sonase tan cortante como la de él—. Y sólo hay suficiente para una de las dos. —Jaló con más fuerza de la bolsa, y esta vez él la soltó.

Maggie le dio la espalda y miró abajo a los peñascos donde yacía Cady. Calculó la distancia con cuidado, advirtiendo el modo en que un peñasco formaba una especie de cuna.

Un tiro fácil. Rebotará y se encajará en esa rendija, pensó, y alargó el brazo para dejar caer la bolsa.

—¡Espera!

La voz era dura y explosiva... y más dura aún era la férrea tenaza que le sujetó la muñeca.

—¿Qué crees que estás haciendo? —inquirió el muchacho airadamente, y Maggie se encontró mirando al interior de unos feroces ojos amarillos.

8

—¿Qué estás haciendo? —repitió él con ferocidad; su mano la apretaba por la muñeca y la estaba lastimando.

—Voy a arrojar el odre de agua ahí abajo —respondió Maggie.

Pero pensaba: *Es tan fuerte. Más fuerte que nadie que haya conocido. Podría partirme la muñeca sin siquiera pretenderlo.*

—¡Eso ya lo sé! ¿Por qué?

—Porque es más fácil que llevarlo abajo sujetándolo con los dientes —dijo Maggie.

Pero ésa no era la auténtica razón, desde luego. La verdad era que necesitaba apartar de ella la tentación. Estaba tan sedienta que era una especie de locura, y temía lo que haría si seguía sujetando aquella agua fresca y chapoteante mucho más tiempo.

Él la miraba fijamente con aquellos ojos sorprendentes, como si intentara abrirse paso al interior de su cerebro. Y Maggie tuvo la curiosa sensación de que había tenido éxito, que al menos había penetrado lo suficiente para saber el auténtico motivo por el que ella lo hacía.

—Eres una idiota —dijo él lentamente, con frío asombro—.

Deberías escuchar a tu cuerpo; te está diciendo lo que necesita. No puedes hacer caso omiso de la sed. No puedes decirle que no.

—Sí que puedo —replicó Maggie en tono tajante.

La muñeca empezaba a entumecerse. Si aquello proseguía, acabaría soltando el odre sin querer, y hacia el lugar equivocado.

—No puedes —dijo él, haciendo de algún modo que las palabras se convirtieran en un enojado siseo—. Ya deberías saberlo.

Entonces le mostró los dientes.

Maggie tendría que haber estado preparada.

Jeanne le había hablado de ello. «Vampiros, brujas y cambiantes», había dicho. Y Sylvia era una bruja, y Bern, un cambiante.

Aquel chico era un vampiro.

Lo extraño fue que, a diferencia de Bern, no se tornó más feo al cambiar. Su rostro pareció más pálido y delgado, como si hubiera sido cincelado en hielo. Y los ojos dorados ardieron con más fuerza, enmarcados en pestañas que parecían aún más negras en contraste, mientras que las pupilas se abrieron y parecieron contener una oscuridad capaz de engullir a una persona.

Pero fue su boca lo que más cambió. Parecía aún más obstinada, desdeñosa y hosca... y estaba curvada hacia arriba en una mueca burlona para mostrar los colmillos.

Unos colmillos impresionantes. Largos, de un blanco traslúcido, que se afilaban en delicadas puntas. Con la forma de los caninos de un gato y lustrosos como piedras preciosas. No eran toscos colmillos amarillentos como los de Bern, sino delicados instrumentos de muerte.

Lo que más asombró a Maggie fue que, aunque parecía del todo distinto de cualquier cosa que hubiese visto antes, completamente anormal, también resultaba completamente natural. Era otra clase de criatura, igual que un humano o un oso, con el mismo derecho a vivir que cualquiera de ellos.

Lo que no significaba que ella no sintiese miedo. Pero estaba asustada de un modo nuevo, un modo que le permitía estar lista para actuar.

Estaba lista para la pelea, si pelear resultaba necesario. Ya había cambiado hasta ese punto desde que entrara en aquel valle: el miedo ahora no hacía que sintiera pánico sino que estuviese sumamente alerta.

Si tengo que defenderme necesito ambas manos. Y es mejor no dejarle ver que estoy asustada.

—A lo mejor tú no puedes hacer caso omiso de tu sed —dijo, y le complació ver que la voz no le temblaba—. Pero yo estoy perfectamente. Salvo que me estás lastimando la muñeca. ¿Podrías soltarme, por favor?

Justo por un instante, los brillantes ojos amarillos llamearon aún con más fuerza, y se preguntó si iba a atacarla. Pero entonces los párpados descendieron, con las negras pestañas ocultando el resplandor, y le soltó la muñeca.

El brazo de Maggie cayó inerte sin fuerzas, y la bolsa de cuero resbaló de los dedos repentinamente laxos. Aterrizó sin contratiempos a sus pies. La muchacha se frotó la mano.

Y no alzó los ojos un poco más tarde, cuando él le preguntó con una especie de sosegada hostilidad:

—¿No me tienes miedo?

—Sí.

Era cierto. Y no era tan sólo porque fuese un vampiro o porque poseía un poder capaz de enviar muerte azul a seis metros de distancia. Era debido a él, a su modo de ser. Ya daba bastante miedo por sí mismo.

—Pero ¿de qué sirve tener miedo? —inquirió Maggie, todavía frotando la mano—. Si intentas hacerme daño, me defenderé. Y por el momento, no has intentado hacerlo. No has hecho más que ayudarme.

—Ya te lo he dicho, no lo he hecho por ti. Y jamás sobrevivirás si sigues actuando de un modo tan insensato.

—¿Insensato como qué?

Ahora sí que alzó la vista, y se encontró con que los ojos del muchacho ardían con un dorado oscuro y los colmillos habían desaparecido. La boca simplemente parecía desdeñosa y aristocrática.

—Confiar en la gente —respondió él, como si debiera haber sido evidente—. Cuidar de la gente. ¿No sabes que sólo los fuertes salen adelante? Las personas débiles son un lastre... y si intentas ayudarlas, te arrastrarán con ellas.

Maggie tenía una respuesta para aquello.

—Cady no es débil —declaró, categórica—. Está enferma. Mejorará... si se le da la oportunidad. Y si no cuidamos los unos de los otros, ¿qué va a ser de todos nosotros?

Él parecía exasperado, y durante unos pocos minutos se miraron fijamente con mutua frustración.

Luego Maggie se inclinó y recogió el odre.

—Será mejor que le dé de beber en seguida. Te traeré la cantimplora de vuelta.

—Espera. —La voz era brusca y fría, poco amistosa; pero en esta ocasión no la agarró.

—¿Qué?

—Sígueme.

Dio la orden lacónicamente y se volvió sin detenerse a ver si ella lo obedecía. Estaba claro que esperaba que la gente lo obedeciera, sin hacer preguntas.

—Trae el odre —indicó, sin mirar por encima del hombro.

Maggie vaciló un instante, echando una ojeada abajo, a Cady. El hueco quedaba protegido por los salientes de roca; la joven estaría a buen resguardo allí durante unos minutos.

Siguió al muchacho. El angosto sendero que serpenteaba por la montaña era accidentado y primitivo, interrumpido por franjas de esquisto roto afilado como cuchillas. Tuvo que avanzar con sumo cuidado para sortearlas.

Delante de ella, el muchacho giró de improviso en dirección a la roca y desapareció. Cuando Maggie alcanzó el lugar, vio la cueva.

La entrada era pequeña, poco más que una grieta, e incluso Maggie tuvo que agacharse y entrar de lado. Pero dentro se ensanchaba para convertirse en un recinto cómodo y acogedor que olía a humedad y a roca fría.

Apenas se filtraba luz desde el mundo exterior. Maggie parpadeaba, intentando adaptarse a aquella semipenumbra, cuando sonó algo parecido a un cerillo al encenderse y le llegó un fuerte olor a azufre. Apareció una llama diminuta, y Maggie vio que el muchacho encendía una especie de tosca lámpara de piedra que se había tallado en la misma pared de la cueva. Él volvió una veloz mirada hacia ella y los ojos centellearon dorados.

Pero Maggie estaba boquiabierta de asombro, mirando a su alrededor. La luz de la pequeña llama proyectaba una masa de sombras cambiantes y confusas en todas partes, pero también dejaba al descubierto hilillos de centelleante cuarzo en la roca. La pequeña cueva se había convertido en un lugar encantado.

Y a los pies del muchacho había algo plateado que centelleaba. En la quietud del aire inmóvil, Maggie oyó el líquido tintineo del gotear de agua.

—Es un estanque —dijo el muchacho—. Alimentado por un manantial. El agua está fría pero es buena.

Agua. Algo parecido a pura lujuria embargó a Maggie. Dio tres pasos al frente, ignorando por completo al muchacho, y entonces las piernas se le doblaron. Ahuecó una mano dentro del estanque, sintió cómo la frialdad la circundaba hasta la muñeca, y la sacó como si sostuviera un diamante líquido en la palma.

Jamás había probado nada tan bueno como aquella agua. Ninguna bebida de cola que hubiese bebido en el día más caluroso del verano podía comparársele. Le corrió por la boca seca y descendió por la garganta áspera... y luego pareció extenderse por toda ella, centelleando a través del cuerpo para reconfortarla y reanimarla. Una especie de claridad cristalina penetró en su cerebro. Bebió y bebió en un estado de auténtico gozo.

Y luego, cuando se hallaba en el estado aún más dichoso de haber dejado de estar sedienta, sumergió el odre de cuero bajo la superficie para llenarlo.

—¿Para qué haces eso?

Pero había una cierta resignación en la voz del muchacho.

—Cady. Tengo que regresar junto a ella.

Maggie se sentó hacia atrás sobre los talones y lo miró. La luz danzaba y titilaba alrededor del joven, centelleando con un tono cobrizo al rebotar en los oscuros cabellos y sumiendo la mitad del rostro en sombras.

—Gracias —dijo ella, en una voz queda pero que temblaba ligeramente—. Creo que me has salvado la vida otra vez.

—Estabas sedienta de verdad.

—Pues sí. —Se puso en pie.

—Pero cuando pensabas que no había agua suficiente, ibas a dársela a ella. —No parecía capaz de sobreponerse a aquella idea.

—Pues sí.

—Incluso aunque significara tu muerte.

—No he muerto —señaló Maggie—. Ni tenía intención de hacerlo. Pero... sí, supongo que no había ninguna otra elección. —Lo vio mirarla con total perplejidad—. Me hice responsable de ella —dijo, intentando explicarlo—. Es como cuando acoges a un gato, o... o es como ser una reina o algo así. Si dices que vas a ser responsable de tus súbditos, lo eres. Estás en deuda con ellos a partir de entonces.

Algo centelleó en los ojos dorados del joven, sólo un instante. Podría haber sido un destello de cólera fulminante o simplemente una chispa de estupefacción. Hubo un silencio.

—No es algo tan raro que las personas cuiden unas de otras —dijo Maggie, contemplando su rostro en sombras—. ¿No lo hace nadie aquí?

Él profirió una corta carcajada.

—Ni en sueños —repuso con sequedad—. Los nobles saben cómo cuidar de sí mismos. Y los esclavos tienen que pelear unos con otros para sobrevivir. —Añadió con brusquedad—: Pero todo eso ya deberías saberlo. Está claro que no eres de por aquí. Eres del Exterior.

—No sabía si conocías la existencia del Exterior —dijo Maggie.

—Se supone que no tiene que haber ningún contacto. No lo hubo durante unos quinientos años. Pero cuando mi... cuando el viejo rey murió, volvieron a abrir el paso y empezaron a traer esclavos del mundo exterior. Sangre nueva. —Lo dijo tranquilamente y con total naturalidad.

Hombres de las montañas, pensó Maggie. Durante años había habido rumores sobre las Cascade, sobre hombres que vivían en lugares recónditos entre los glaciares y daban caza a los alpinistas. Hombres o monstruos. Siempre había excursionistas que afirmaban haber visto al Pie Grande.

Y a lo mejor sí lo habían visto... o a lo mejor habían visto a un cambiante como Bern.

—Y tú piensas que eso está bien —dijo en voz alta—. Apoderarse de personas del mundo exterior y arrastrarlas aquí dentro para que sean esclavos.

—Personas no. Humanos. Los humanos son chusma; no

son inteligentes. —Lo dijo en el mismo tono desapasionado, mirándola directamente.

—¿Estás loco?

Maggie tenía los puños apretados; la cabeza, gacha. Era hora de dejar las cosas claras. Lo miró iracunda por entre unas pestañas entrecerradas.

—Estás hablando con una humana en estos precisos momentos. ¿Soy inteligente o no?

—Eres una esclava sin modales —replicó él en tono cortante—. Y la ley dice que podría matarte por el modo en que me hablas.

La voz era tan fría, tan arrogante... pero Maggie empezaba a no creérsela.

No podía ser que aquello fuera todo lo que él era. Porque era el muchacho de su sueño.

El muchacho tierno y compasivo que la había mirado con una llama de amor tras los ojos amarillos, y que la había sujetado con tan tierna intensidad, con el corazón latiendo contra el suyo, con el aliento sobre su mejilla. Aquel muchacho había sido real... e incluso aunque careciese de sentido, Maggie estaba segura de ello en cierto modo. Y no importaba lo frío y arrogante que éste pareciera, tenían que ser parte de la misma persona.

Aunque no por ello sentía menos miedo de éste, precisamente. Pero reforzaba su decisión de hacer caso omiso del miedo.

—En mi sueño —dijo con determinación, dando un paso hacia él—, te importaba al menos un humano. Querías cuidar de mí.

—Ni siquiera se te debería permitir soñar conmigo —replicó él.

La voz sonó tan tensa y adusta como siempre, pero cuando Maggie se acercó más, alzando los ojos para mirarlo directamente al rostro, hizo algo que la sorprendió: retrocedió un paso.

—¿Por qué no? ¿Porque soy una esclava? Soy una persona. —Dio otro paso al frente, sin dejar de mirarlo desafiante—. Y no creo que seas tan malo como dices ser. Creo que vi cómo eras realmente en mi sueño.

—Estás loca —replicó él.

No retrocedió más; no quedaba ningún sitio adonde ir. Pero tenía todo el cuerpo en tensión.

—¿Por qué tendría que querer cuidar de ti? —añadió con una voz fría y despectiva—. ¿Qué hay de tan especial en ti?

Era una buena pregunta, y por un momento Maggie quedó conmocionada. Le afloraron lágrimas a los ojos.

—No lo sé —dijo con franqueza—. No soy nadie especial. No existe ninguna razón por la que tengas que preocuparte por mí. Pero no importa. Me has salvado la vida cuando Bern iba a matarme, y me has dado agua cuando sabías que la necesitaba. Puedes hablar todo lo que quieras, pero eso son hechos. A lo mejor simplemente te importa todo el mundo, en el fondo. O bien...

No llegó a terminar la última frase.

Mientras le hablaba, había estado llevando a cabo algo que siempre hacía, que era instintivo en ella cuando sentía alguna emoción fuerte. Había hecho lo mismo con P. J., con Jeanne y con Cady.

Alargó las manos hacia él. Y aunque era sólo vagamente consciente de que él echaba las manos atrás para evitarla, ajustó el movimiento automáticamente hasta agarrarle las muñecas...

Y fue entonces cuando se quedó sin voz y lo que estaba diciendo se le fue de la cabeza. Porque sucedió algo. Algo que no podía explicar, que era más extraño que reinos secretos, vampiros o brujería.

Sucedió justo en el momento en que sus dedos se cerraron sobre las manos del muchacho. Era la primera vez que se habían tocado así, carne desnuda con carne desnuda. Cuando él le había agarrado la muñeca antes, la manga de la chamarra de Maggie se había interpuesto entre ellos.

Empezó como una sacudida casi dolorosa, un vibrante estremecimiento que zigzagueó brazo arriba y luego se propagó por todo el cuerpo. Maggie lanzó un grito ahogado, pero de algún modo era incapaz de soltarle la mano. Igual que alguien a quien electrocutasen, estaba paralizada.

El fuego azul, pensó frenéticamente. *Me está haciendo lo mismo que le ha hecho a Bern.*

Pero al cabo de un instante supo que no era así. No se trataba de la energía salvaje que había matado a Bern, y no era nada que el muchacho le estuviera haciendo; era algo que les estaba haciendo a los dos alguna fuente poseedora de un poder increíble que estaba fuera de ambos.

E intentaba... abrir un canal. Era el único modo en que Maggie podía describirlo. Abría un sendero en su mente, y la conectaba con la de él.

Sintió como si hubiese dado la vuelta y se hallara inesperadamente ante el alma de otra persona. Una alma que permanecía allí, sin protección, en impotente comunicación ya con la suya.

Era con mucho lo más intenso que le había sucedido nunca. Volvió a lanzar un grito ahogado al ver las estrellas, y entonces las piernas se quedaron sin fuerzas y cayó al frente.

Él la atrapó, pero tampoco podía mantenerse en pie. Maggie lo supo del mismo modo en que sabía lo que estaba sucediendo en su propio cuerpo. Él cayó de rodillas, sosteniéndola.

¿Qué me estás haciendo?

Era un pensamiento, pero no pertenecía a Maggie. Era del muchacho.

No lo sé... Yo no lo hago... ¡No comprendo nada! Maggie no tenía ni idea de cómo enviar sus pensamientos a otra persona. Pero no era necesario que lo supiera, simplemente estaba sucediendo. Se había abierto una auténtica línea de comunicación entre ellos, y era algo feroz y terrible, un poco como ser fusionados entre sí por un rayo, pero también era algo tan maravilloso que a Maggie le hormigueaba toda la piel y el sobrecogimiento acallaba su mente.

Sintió como si la hubiesen elevado a un lugar nuevo y maravilloso que la mayoría de la gente jamás veía. El aire que la rodeaba parecía agitado por alas invisibles.

Así es como se supone que tendrían que estar las personas, pensó. *Unidas de este modo. Abiertas las unas a las otras. Sin nada oculto y sin muros estúpidos entre ellas.*

Un pensamiento le replicó, tan violento y veloz como un martillazo. *¡No!*

Era tan frío, estaba tan lleno de rechazo, que por un momento Maggie se sintió desconcertada. Pero luego percibió qué más había tras él.

Enfado... y miedo. Él le tenía miedo a aquello, y a ella. Se sentía invadido. Desprotegido.

Bueno, también me sucede a mí, pensó ella. No era que no sintiese miedo, lo que sucedía era que su miedo era irrelevante. La fuerza que los asía era hasta tal punto mucho más poderosa que cualquiera de ellos, tan inmensamente antigua, que el miedo era natural pero no importaba. La misma luz brillaba a través de ellos, despojándolos de sus escudos, convirtiéndolos en transparentes el uno para el otro.

Para ti está bien. ¡Porque tú no tienes nada de lo que avergonzarte! El pensamiento pasó a tal velocidad que Maggie ni siquiera estuvo segura de haberlo oído.

¿A qué te refieres?, pensó. *Aguarda..., Delos.*

Ése era su nombre. Delos Redfern. Ahora lo sabía, tan sin

lugar a dudas como conocía los nombres de su propia familia. También comprendió, como una cuestión de menor importancia, como una idea de último momento, que era un príncipe. Un príncipe vampiro que había nacido para gobernar aquel reino secreto, tal y como la familia Redfern lo había gobernado durante siglos.

El viejo rey era tu padre, le dijo. *Y murió hace tres años, cuando tú tenías catorce años. Has estado gobernando desde entonces.*

Él se apartaba de ella mentalmente, intentando romper el contacto entre ellos. *No es asunto tuyo*, rugió.

Por favor, espera, dijo Maggie. Pero mientras lo perseguía mentalmente, tratando de atraparlo, ayudarlo, algo chocante y nuevo sucedió, como un segundo rayo.

9

Ella estaba dentro de su mente, que al mismo tiempo la rodeaba por completo, como un mundo extraño y peligroso. Un mundo terriblemente aterrador, pero lleno a su vez de austera belleza.

Todo eran ángulos, como si hubiese caído al interior del corazón de un cristal gigante. Todo centelleaba, frío, transparente y nítido. Había fogonazos de color a medida que la luz brillaba y se reflejaba, pero en su mayor parte se extendía una deslumbrante transparencia en todas direcciones. Como el hielo agrietado de un glaciar.

Realmente peligroso, se dijo Maggie. Las púas de cristal que la rodeaban tenían bordes afilados como espadas. El lugar daba la impresión de no haber conocido nunca ni calidez ni colores suaves.

¿Y tú vives aquí?, le preguntó mentalmente a Delos.

Vete. El pensamiento con el que Delos respondió le llegó como una oleada de viento helado. *¡Sal!*

No, respondió Maggie. *No puedes asustarme. No es el primer glaciar que escalo.* Fue entonces cuando reparó en qué le recordaba aquel lugar: una cumbre. El pico desnudo y helado de una montaña donde ninguna planta, y desde luego ninguna persona, podía sobrevivir.

Pero ¿es que nada bueno te ha sucedido jamás?, quiso saber. *¿Nunca has tenido un amigo... o una mascota... o algo?*

Ni amigos, repuso él con brusquedad. *Ni mascotas. Sal de aquí antes de que te haga daño.*

Maggie no contestó, porque al mismo tiempo que él hablaba cambiaban cosas alrededor de la joven. Era como si las centelleantes superficies de los cristales cercanos reflejasen de improviso escenas, pequeñas imágenes perfectas con personas moviéndose en su interior. En cuanto Maggie centró su atención en una, ésta se hinchó y pareció rodearla.

Eran los recuerdos de Delos; estaba viendo retazos de su infancia.

Vio a un niño al que habían tratado como una arma desde el momento en que nació. Todo estaba relacionado con una profecía de alguna clase. Vio a hombres y a mujeres reunidos alrededor de un pequeño, de cuatro años, cuyos ojos dorados de negras pestañas estaban muy abiertos y asustados.

—No hay ninguna duda —decía el hombre de más edad.

Era el maestro de Delos, comprendió Maggie, y la información penetró en ella porque Delos la conocía, y ella estaba dentro de la mente del muchacho.

—Este niño es uno de los Poderes Salvajes —declaró el maestro, y tenía la voz sobrecogida... y llena de temor.

Las manos temblorosas del hombre alisaron un frágil rollo de pergamino. En cuanto Maggie lo vio, supo que el pergamino era sumamente antiguo y que había permanecido oculto en el Reino Oscuro durante siglos, conservado allí aun cuando estaba perdido para el mundo exterior.

—Cuatro Poderes Salvajes —dijo el anciano—, que se necesitarán cuando llegue el milenio para salvar el mundo... o destruirlo. La profecía indica de dónde procederán.

Y leyó:

«Uno de la tierra de reyes largo tiempo olvidados;
uno del hogar que todavía mantiene la chispa;
uno del Mundo Diurno donde dos ojos vigilan;
uno del crepúsculo para ser uno con la oscuridad».

El pequeño Delos paseó la mirada por el círculo de rostros sombríos; oía las palabras pero no podía comprenderlas.

—«La tierra de reyes, largo tiempo olvidados» —decía en aquellos momentos una mujer—. Eso debe de ser el Reino Oscuro.

—Además, ya hemos visto lo que es capaz de hacer —dijo con rudeza un hombre fornido—. Ya lo creo que es un Poder Salvaje. El fuego azul está en su sangre. No obstante, ha aprendido a utilizarlo demasiado pronto; no puede controlarlo. ¿Ven?

Agarró un bracito, el izquierdo, y lo sostuvo en alto. Estaba como retorcido, con los dedos crispados y rígidos, inmóviles.

El niño intentó zafar la mano, pero era demasiado débil. Los adultos hicieron caso omiso de él.

—El rey quiere que encontremos hechizos para contener su poder —dijo la mujer—. O se lesionará permanentemente.

—Por no mencionar que nos lastimará a nosotros —dijo el hombre de voz desagradable, y rió con aspereza.

El pequeño permaneció sentado muy tieso e inmóvil mientras ellos lo manoseaban como si fuese un muñeco. Los ojos dorados estaban secos y mantenía su pequeña mandíbula bien apretada por el esfuerzo de no ceder a las lágrimas.

Eso es espantoso, dijo Maggie con indignación, dirigiendo el pensamiento al Delos del presente. *Es un modo terrible de crecer. ¿No había allí nadie que se preocupara por ti? ¿Tu padre?*

Vete, repuso él; *no necesito tu compasión.*

Y tu brazo, siguió Maggie, sin hacer caso del frío vacío del pensamiento del joven. *¿Es eso lo que le sucede cuando usas el fuego azul?*

Él no respondió, no mediante un pensamiento dirigido a ella. Pero otro recuerdo relampagueó en las facetas de un cristal y atrajo la atención de Maggie.

Vio a un Delos de cinco años con el brazo envuelto en lo que parecían tablillas o un aparato ortopédico. Mientras lo contemplaba, supo que no era simplemente un aparato corrector, sino que estaba realizado a base de hechizos y salvaguardas para confinar el fuego azul.

—Aquí está —decía la mujer que había hablado antes al círculo de hombres—. Podemos controlarlo por completo.

—¿Estás segura? Ustedes las brujas son poco cuidadosas a veces. ¿Estás segura de que ahora no puede usarlo en absoluto?

El hombre que había hablado era alto, su rostro era frío y severo... y tenía los mismos ojos que Delos.

Tu padre, dijo Maggie en un tono reflexivo a Delos. *Y se llamaba... ¿Tormentil? Pero...* No pudo seguir hablando, pero pensaba que no tenía demasiado aspecto de padre afectuoso. Parecía igual que los demás.

—Hasta que retire las salvaguardas, no podrá usarlo en absoluto. Estoy segura, majestad.

La mujer pronunció la última palabra sin alterar el tono de voz, pero Maggie sintió una leve conmoción. Oír que a alguien le llamaban majestad... convertía a la persona más en un rey, en cierto modo.

—Cuanto más tiempo las lleve puestas, más débil estará —prosiguió la mujer—. No puede desprenderse de ellas por sí mismo. Pero yo puedo, en cualquier momento...

—Y entonces ¿todavía será útil como arma?

—Sí. Pero tiene que correr sangre antes de que pueda usar el fuego azul.

—Muéstramelo —ordenó el rey con brusquedad.

La mujer murmuró unas cuantas palabras y retiró el aparato del brazo del muchacho; a continuación sacó un cuchillo del cinturón y con un movimiento veloz y despreocupado, como la abuela de Maggie limpiando un salmón, le hizo un corte en la muñeca.

El Delos de cinco años no se inmutó ni profirió el menor sonido. Tenía los ojos dorados fijos en el rostro de su padre mientras la sangre goteaba al suelo.

—No creo que esto sea una buena idea —dijo el anciano maestro—. El fuego azul no está pensado para ser utilizado de este modo, y le daña el brazo cada vez que lo hace...

—Ahora —interrumpió el rey, sin prestarle atención y hablando al niño por primera vez—, muéstrame hasta qué punto eres fuerte, hijo. Dirige el fuego azul contra... —Alzó los ojos deliberadamente hacia el maestro—. Digamos... él.

—¡Majestad! —El anciano profirió un grito ahogado mientras retrocedía contra la pared.

Los ojos dorados estaban muy abiertos y asustados.

—¡Hazlo! —ordenó el rey con dureza, y cuando el pequeño sacudió negativamente la cabeza sin hablar, cerró la mano sobre el pequeño hombro. Maggie pudo ver cómo los dedos apretaban dolorosamente—. Haz lo que te digo. ¡Ahora!

Delos dirigió los dorados ojos hacia el anciano, que en aquellos momentos se encogía y balbucía, con las temblorosas manos alzadas como para rechazar un golpe.

El rey cambió la posición de la mano y alzó el brazo del niño.

—¡Ahora, mocoso! ¡Ahora!

Manó fuego azul que brotó en un chorro continuado como el agua de una manguera de bombero de gran potencia. Golpeó al anciano y lo aplastó contra la pared con brazos y piernas extendidos, los ojos y la boca abiertos en una expresión de horror. Y a continuación el anciano había dejado de existir y sólo había una silueta borrosa hecha de cenizas.

—Interesante —dijo el monarca, dejando caer el brazo del niño, y su cólera desapareció con la misma rapidez con que había aparecido—. De hecho, pensaba que el poder sería mayor. Pensaba que podría eliminar la pared.

—Dénle tiempo. —La voz de la mujer era ligeramente pastosa, como si tragara saliva una y otra vez.

—Bueno, en todo caso, será útil. —El rey se volvió para mirar a todas las demás personas de la habitación—. Recuerden... todos ustedes. Se acerca un tiempo de oscuridad. El fin del milenio significa el fin del mundo. Pero suceda lo que suceda en el exterior, este reino va a sobrevivir.

Durante todo aquel tiempo, el niño permaneció sentado y con la mirada fija en el lugar donde había estado el anciano. Sus ojos estaban abiertos como platos, con las pupilas enormes y fijas. Su rostro estaba blanco, pero inexpresivo.

Maggie hizo un esfuerzo por respirar.

Ésa... ésa es la cosa más terrible que he visto jamás. Le costó un gran esfuerzo expresar lo que pensaba. *Te hicieron matar a tu maestro; él te obligó a hacerlo. Tu padre.* No sabía qué decir. Se volvió ciegamente, tratando de localizar al mismo Delos en aquel paisaje extraño, intentando hablar directamente con él. Quería mirarlo, abrazarlo. Consolarlo. *Me apena tanto. Me apena tanto que tuvieras que crecer de ese modo.*

No seas estúpida, dijo él. *Llegué a ser fuerte. Eso es lo que cuenta.*

Creciste sin nadie que te amara, replicó Maggie.

Él le envió un pensamiento gélido como el hielo. *El amor es para los débiles. Es una falsa ilusión. Y puede ser letal.*

Maggie no supo cómo responder a eso. Hubiera querido zarandearlo. *Todo eso que hablaban sobre el fin del milenio y el fin del mundo... ¿qué significaba?*

Exactamente lo que decía, dijo Delos lacónicamente. *Las profecías se están cumpliendo. El mundo de los humanos está a punto de terminar en sangre y oscuridad. Y luego los miembros del Night World volverán a gobernar.*

¿Y es ése el motivo de que convirtieran a un niño de cinco años en una arma letal?, se maravilló Maggie. No era un pensamiento dirigido a Delos, pero pudo percibir cómo él lo oía.

Soy lo que estaba destinado a ser, respondió él. *Y no quiero ser ninguna otra cosa.*

¿Estás seguro? Maggie miró a su alrededor. Si bien no podría haber descrito lo que estaba haciendo, sabía lo que hacía. Buscaba algo... algo para demostrarle...

Una escena centelleó en el cristal.

El joven Delos tenía ocho años y estaba de pie ante un montón de peñascos, rocas del tamaño de coches pequeños. Su padre estaba detrás de él.

—¡Ahora!

En cuanto el rey habló, el muchacho alzó el brazo. Hubo un fogonazo de fuego azul. Un peñasco estalló y se desintegró en átomos.

—¡Otra vez!

Otra roca se hizo añicos.

—¡Más poder! No te esfuerzas lo suficiente. ¡Eres un inútil!

El montón entero de peñascos estalló. El fuego azul siguió fluyendo, arrasó un grupo de árboles situado tras las rocas y se estrelló contra la ladera de una montaña; luego avanzó a través de la roca, fundiendo esquisto y granito como un lanzallamas quemando una puerta de madera.

El rey sonrió cruelmente y dio una palmada a su hijo en la espalda.

—Eso está mejor.

No. Eso es horrible, le dijo Maggie a Delos. *Eso no está bien. Así es como tendría que ser.*

Y le proyectó imágenes de su propia familia. No era que los Neely fueran nada del otro mundo; eran como cualquier otra familia. Había peleas, algunas bastante fuertes. Pero también había gran cantidad de buenos ratos, y eso fue lo que le mostró; le mostró su vida... a ella misma.

Riendo mientras su padre soplaba frenéticamente sobre un bombón en llamas durante una acampada llevada a cabo hacía mucho tiempo. Oliendo trementina y contemplando cómo aparecían mágicos colores sobre una tela a medida que su madre pintaba. Encaramada peligrosamente sobre el manubrio de una bicicleta mientras Miles pedaleaba a su espalda, y luego gritando todo el trayecto colina abajo. Despertando con una lengua áspera y cálida lamiéndole el rostro y, al abrir un ojo, ver a *Jake*, el gran danés, jadeando feliz ante ella. Soplando la velas de un pastel de cumpleaños. Tendiendo una emboscada a Miles desde su puerta con un pesado rifle de agua...

¿Quién es ése?, preguntó Delos. Se había ido descongelando; Maggie pudo percibirlo. Había tantas cosas en los recuerdos que le eran desconocidas: luz solar amarilla, casas modernas, bicicletas, maquinaria, pero sintió cómo el interés y el asombro se despertaban en él ante la visión de personas. También ahora, al mostrarle a un Miles de dieciséis años, un Miles que se parecía mucho al Miles de la actualidad.

Ése es Miles. Es mi hermano. Tiene dieciocho años y acaba de empezar la universidad. Hizo una pausa, intentando percibir lo que pensaba Delos. *Él es la razón de que yo esté aquí. Se enredó con una chica llamada Sylvia... Creo que es una bruja. Y luego desapareció. Fui a ver a Sylvia, y lo siguiente que sé es que he despertado en la carreta de un traficante de esclavos. En un lugar que ni sabía que existiera.*

Entiendo, dijo Delos.

Delos, ¿lo conoces? ¿Lo has visto antes? Maggie intentó mantener un tono sosegado al formular la pregunta. Tenía la impresión de que podría ver cualquier cosa que Delos pensara, que todo se reflejaría en los cristales que la rodeaban, que no había nada que él pudiese ocultar. Pero ahora, de improviso, no estaba segura.

Es mejor para ti que dejes ese tema en paz, dijo Delos.

No puedo, replicó ella con brusquedad. *¡Es mi hermano! Si se ha metido en problemas tengo que encontrarlo; tengo que ayudarlo. Eso es lo que he estado intentando explicarte. Nos ayudamos unos a otros.*

¿Por qué?, preguntó él.

Porque sí. Porque eso es lo que se supone que tiene que hacer la gente. E incluso tú lo sabes, en algún lugar muy dentro de ti. Intentabas ayudarme en mi sueño...

Pudo sentir cómo se apartaba. *Tus sueños son tan sólo fantasías.*

No. Éste no, declaró ella de forma tajante. *Lo tuve antes de conocerte.*

Cada vez recordaba el sueño con más nitidez. En el interior de la mente del joven los detalles acudían a ella, todas aquellas cosas que no habían estado claras antes cobraban forma. Y sólo tenía una opción para que Delos la creyera.

Se lo mostró.

La neblina, la figura que aparecía, llamándola por su nombre. La sorpresa y el gozo en el rostro del joven cuando la vislumbró. El modo en que cerró las manos sobre sus hombros, con tanta suavidad, y la expresión de indescriptible ternura en sus ojos.

Y entonces... ¡ahora lo recuerdo!, exclamó Maggie. *Me dijiste que buscara una senda de montaña, bajo el saliente de roca que parecía una ola a punto de descender. Me dijiste que me fuese de aquí, que escapara. Y entonces...*

Recordó lo que había sucedido entonces, y titubeó.

Y entonces él la había besado.

Podía sentirlo otra vez, su aliento como una suave calidez en la mejilla, y luego el contacto de los labios, igual de suave. Había habido tanto en aquel beso, había revelado tanto de él. Había sido casi tímido en su delicadeza, pero cargado de una pasión terrible, como si él hubiese sabido que era el último beso que compartirían nunca.

Fue... tan triste, siguió ella, titubeando otra vez. No de vergüenza, sino porque de improviso la embargó una emoción tan intensa que la asustó. *No sé lo que significaba, pero fue tan triste...*

Entonces, con retraso, advirtió lo que le sucedía a Delos.

Estaba agitado. Violentamente agitado. El mundo de cristal que rodeaba a Maggie temblaba con rechazo y furia... lleno de miedo.

Ése no era yo. Yo no soy así, dijo con una voz que era como una espada fraguada en hielo.

Sí que lo eras, repuso ella, no con aspereza sino con calma. *No lo comprendo, pero realmente eras tú. No comprendo nada de todo esto. Pero existe una conexión entre nosotros. Mira lo que nos está sucediendo. ¿Es esto normal? ¿Se cuelan siempre unos en las mentes de otros?*

¡Sal! La palabra fue un grito que resonó alrededor de Maggie desde cada una de las superficies. Sintió su cólera; era enorme, violenta, como una tormenta primordial. Y pudo percibir el terror que había bajo ella, y oyó las palabras que estaba pensando y no quería pensar, que estaba intentando enterrar y de las que también estaba intentando huir.

«Almas gemelas.» Ésas eran las palabras. Maggie pudo percibir lo que significaban. Dos personas conectadas, ligadas la una a la otra para siempre, alma con alma, de un modo que ni siquiera la muerte podía romperlo. Dos almas que estaban destinadas a estar juntas.

Eso es una mentira, dijo Delos con ferocidad. *No creo en almas. No amo a nadie. ¡Y carezco de sentimientos!*

Y entonces el mundo se hizo pedazos.

Eso fue lo que pareció. De improviso, en torno a Maggie, los cristales se hacían añicos y se quebraban, y los pedazos caían con el sonido musical del hielo. Nada era estable, todo se estaba convirtiendo en un caos.

Y a continuación, con tanta brusquedad que le hizo perder el aliento, estuvo fuera de la mente del joven.

Estaba sentada en el suelo en una pequeña cueva iluminada sólo por una llama que titilaba y dibujaba una danza de sombras en las paredes y el techo. Estaba en su propio cuerpo, y Delos la abrazaba.

Pero al mismo tiempo que ella lo advertía, él se apartó y se puso en pie. Incluso a pesar de la débil luz, Maggie vio que Delos tenía el rostro pálido y los ojos miraban algo fijamente.

Mientras ella se levantaba, también pudo ver algo más. Era extraño, pero las mentes de ambos seguían conectadas, incluso a pesar de que él la había arrojado fuera de su mundo.

Y lo que ella vio... fue a sí misma. A sí misma a través de los ojos del muchacho.

Vio a alguien que no era en absoluto la típica princesa rubia y frágil, que no era ni por asomo lánguida, perfecta y artificial. Vio a una muchacha robusta, de complexión morena y con una mirada franca. Una muchacha con cabellos del color del otoño, cálida, llena de vida real, y con ojos del color de un alazán. Fueron los ojos los que atrajeron su atención: había claridad y franqueza en ellos, una profundidad y amplitud que convertía lo que era simplemente bonito en extraordinario.

Maggie contuvo el aliento. *¿Tengo yo ese aspecto?*, se preguntó, aturdida. *No puede ser. Lo habría advertido en el espejo.*

Pero así era como él la veía. En sus ojos, ella era la única cosa viva y vibrante en un mundo frío en blanco y negro. Y Maggie percibió cómo la conexión entre ellos se estrechaba, atrayéndolo hacia ella al mismo tiempo que él intentaba apartarse más.

—No. —Su voz fue un tenue susurro en la cueva—. No estoy ligado a ti. No te amo.

—Delos...

—No amo a nadie. Carezco de sentimientos.

Maggie negó con la cabeza sin decir nada. No necesitaba hablar, de todos modos. Al mismo tiempo que le decía hasta qué punto no la amaba, se iba acercando más a ella, luchando contra ello centímetro a centímetro.

—No significas nada para mí —le espetó furioso entre dientes—. ¡Nada!

Y entonces su rostro quedó a unos centímetros del de ella, y Maggie vio la llama que ardía en sus dorados ojos.

—Nada —musitó él, y a continuación sus labios tocaron los de la muchacha.

10

Pero en el mismo momento en que aquello se habría convertido en un beso, Delos se apartó. Maggie sintió el roce de los cálidos labios y luego el aire frío cuando él se echó violentamente hacia atrás.

—No —dijo él—. No.

Maggie pudo ver el enfrentamiento entre el miedo y la cólera en sus ojos, y pudo ver cómo se resolvía a medida que el dolor se tornaba insoportable. Delos se estremeció, y entonces toda la confusión desapareció, como si una mano gigante la hubiese apartado. Dejó únicamente una gélida determinación a su paso.

—Eso no va a ayudar —dijo Maggie—. Ni siquiera comprendo por qué quieres que sea así, pero no puedes limitarte a aplastarlo todo...

—Escucha —replicó él con una voz entrecortada y tensa—. Por lo que has dicho, en tu sueño te dije que te fueras. Bueno, te pido lo mismo ahora. Vete y no regreses jamás. No quiero volver a ver tu cara nunca más.

—¡Vaya, estupendo!

Maggie también temblaba, de pura frustración. Ya estaba

harta; finalmente había llegado al límite de su paciencia con él. Había tanta amargura en aquel rostro, tanto dolor, pero estaba claro que no iba a permitir que nadie lo ayudara.

—Lo digo en serio. Y no sabes hasta qué punto estoy siendo benevolente contigo. Te estoy dejando ir. No eres tan sólo una esclava que ha escapado, eres una esclava huida que conoce la existencia del sendero en las montañas. El castigo para eso es la muerte.

—En ese caso, mátame —dijo Maggie.

Acababa de decir una estupidez y lo sabía. Él era peligroso... y además poseía aquel fuego azul; le bastaría con mover una pestaña. Pero ella se sentía estúpida y temeraria. Tenía los puños apretados.

—Te estoy diciendo que te vayas —repitió él—. Y te diré algo más. Querías saber qué le sucedió a tu hermano.

Maggie se quedó muy quieta. Había algo distinto en él de repente. Parecía alguien a punto de dar un golpe. Tenía el cuerpo en tensión y sus ojos ardían igual que dos llamas doradas idénticas.

—Bien, pues aquí lo tienes —dijo él—. Tu hermano está muerto. Yo lo maté.

Aquello fue un verdadero golpe. Maggie sintió como si la hubiesen golpeado. La conmoción se extendió por el cuerpo y la dejó cargada de adrenalina. Al mismo tiempo se sintió extrañamente débil, como si las piernas ya no quisieran seguir sosteniéndola.

Pero no lo creyó. No podía creerlo, no así, por las buenas.

Abrió la boca y se obligó a tomar aliento para hablar... y se quedó paralizada.

En algún punto fuera de la cueva sonaba una voz que llamaba a gritos. Maggie no pudo distinguir las palabras, pero era la voz de una chica. Y estaba cerca... y se acercaba cada vez más.

La cabeza de Delos se volvió violentamente para mirar a la entrada de la cueva. Entonces, antes de que Maggie pudiese decir nada, entró en acción.

Dio un paso hacia la pared y apagó de un soplo la llama de la pequeña lámpara de piedra. Al instante, la cueva quedó sumida en la oscuridad. Maggie no había reparado en la poca luz que penetraba por la grieta de acceso; apenas nada.

No, pensó, *está entrando menos luz que antes. Está oscureciendo.*

¡Oh, Dios mío!, se dijo. *Cady.*

Me he largado y la he dejado allí. ¿Qué es lo que me sucede? Me había olvidado por completo de ella; ni siquiera pensé...

—¿Adónde vas? —susurró Delos con severidad.

Maggie se detuvo en mitad de la carrera y lo miró frenética. O miró hacia él, de hecho, porque en aquellos momentos no podía ver otra cosa que oscuridad recortada en otra oscuridad más pálida.

—Junto a Cady —respondió, trastornada y desesperada, aferrando el odre de agua que llevaba consigo de nuevo—. La he dejado allí abajo. Podría haberle sucedido cualquier cosa a estas alturas.

—No puedes salir —dijo él—. Ésa es la partida de caza con la que vine. Si te atrapan, no podré ayudar...

—¡No me importa! —Las palabras de Maggie interrumpieron las suyas—. Hace un minuto no querías volver a verme. ¡Oh, Dios mío, la he abandonado! ¿Cómo he podido hacer eso?

—No ha transcurrido tanto tiempo —dijo él con impaciencia—. Una hora más o menos.

Vagamente, Maggie comprendió que Delos debía de tener razón. Parecía que hubiera transcurrido un siglo desde que había trepado hasta el saliente donde él estaba, pero la verdad era que todo había sucedido muy de prisa después de aquello.

—De todos modos tengo que ir —dijo, con un poco más de

calma—. Está enferma. ¿Y quién sabe si Gavin ha vuelto? —La invadió una oleada de temor ante tal idea.

—Si ellos te atrapan, desearás estar muerta —indicó él con toda claridad; pero antes de que ella pudiera responder, siguió diciendo—: Quédate aquí. No salgas hasta que todo el mundo se haya marchado.

Maggie sintió el movimiento del aire y el roce de la tela cuando él le pasó por delante. La luz procedente de la grieta de acceso desapareció brevemente, y a continuación lo vio recortado durante un momento en un cielo gris.

Luego se quedó sola.

Permaneció de pie, en tensión, durante un momento, escuchando, pero el sonido de su propia respiración era demasiado fuerte. Avanzó sigilosamente hasta la entrada y se agachó.

Y entonces sintió una sacudida. Podía oír pisadas que aplastaban el esquisto roto del exterior. Justo allí fuera. Luego una sombra pareció caer sobre la grieta y oyó una voz.

—¡Delos! ¿Qué haces aquí arriba?

Era una voz suave y agradable, la voz de una muchacha sólo un poco mayor que Maggie. No era una mujer aún. Y sonaba a la vez preocupada y despreocupada, dirigiéndose a Delos con una familiaridad que resultaba sorprendente.

Pero no fue eso lo que le provocó la violenta sacudida. Fue el hecho de reconocer la voz. La conocía y la odiaba.

Era Sylvia.

Está aquí, pensó Maggie. *Y por el modo en que habla ha estado aquí antes; lo suficiente para llegar a conocer a Delos. O a lo mejor nació aquí, y sólo ha empezado a salir al Exterior ahora.*

Fuese cual fuese la verdad, Maggie tuvo la certeza de que a Miles lo habían llevado allí también. Pero entonces... ¿qué? ¿Qué le había sucedido después de eso? ¿Había hecho algo que hubiera significado su muerte? ¿O había sido ése el plan de Sylvia desde el principio?

¿Realmente podría Delos haber...?

No lo creo, se dijo con ferocidad, pero notaba una sensación horrible en el estómago.

Fuera, Sylvia seguía charlando con voz melodiosa.

—Ni siquiera sabíamos que habías abandonado el grupo; pero entonces vimos el fuego azul. Pensamos que podrías tener problemas...

—¿Yo? —Delos lanzó una breve carcajada.

—Bueno... pensamos que tal vez hubiera problemas —corrigió Sylvia, y su propia risa fue como campanillas movidas por el viento.

—Estoy perfectamente. He usado el fuego para practicar.

—Delos —la voz de Sylvia era dulcemente recriminatoria ahora, de un modo que resultaba casi coqueto—, sabes que no deberías hacer eso. Sólo conseguirás lastimarte aún más el brazo; jamás mejorará si sigues usándolo.

—Lo sé. —El tono brusco del muchacho contrastaba violentamente con la burlona coquetería de Sylvia—. Pero eso es sólo asunto mío.

—Ya sabes que sólo quiero lo mejor para ti...

—Vámonos. Estoy seguro de que el resto del grupo nos espera.

Ella no le gusta, pensó Maggie. *No le engañan todos esos gimoteos de niña presumida. Pero me pregunto ¿qué es ella para él?*

Lo que realmente hubiera querido hacer en aquel momento era salir corriendo y enfrentarse a Sylvia. Agarrarla y zarandearla hasta que escupiera algunas respuestas.

Pero ya había probado aquello en una ocasión... y había acabado convertida en esclava. Apretó los dientes y avanzó poco a poco hasta la grieta de entrada. Era peligroso y lo sabía, pero quería ver a Sylvia.

Cuando lo hizo, el resultado le provocó un nuevo sobresalto. Sylvia solía llevar tops ajustados y jeans de moda, pero el conjunto que lucía ahora era del todo medieval. Es más, parecía sentirse cómoda con esas ropas, como si fuesen naturales para ella... y favorecedoras.

Vestía una túnica verde mar que tenía mangas largas y se alargaba hasta el suelo. Por encima, llevaba otra túnica, de un tono más pálido, ésta sin mangas y atada con un cinturón bordado en verde y plata. Llevaba el pelo suelto en una fina madeja reluciente, y tenía un halcón posado en la muñeca.

Un halcón auténtico. Con un pequeño capuchón de cuero sobre la cabeza y cintas de cuero con campanillas en las patas. Maggie lo contempló fijamente, fascinada a su pesar.

Con el numerito de chica frágil que representa siempre, pensó. *Y lo fuerte que una tiene que ser para sostener una ave tan enorme como ésa.*

—No hace falta que regresemos con prisa —decía Sylvia, acercándose más a Delos—. Éste parece un sendero agradable; podríamos explorarlo.

Cady, pensó Maggie. *Si van hasta el final del sendero, la verán. Sylvia la verá.*

Acababa de decidir saltar fuera de la cueva cuando Delos habló.

—Estoy cansado —dijo en aquel modo suyo de expresarse, categórico y frío—. Vamos a regresar ahora.

—Ah, estás cansado —repuso Sylvia, y la sonrisa que mostró era casi maliciosa—. Ya lo ves. Te había dicho que no usaras tanto tus poderes.

—Sí —replicó Delos, en un tono aún más cortante—. Lo recuerdo.

Antes de que pudiese decir nada más, Sylvia prosiguió:

—Por cierto, olvidaba mencionarlo, ha sucedido una cosa curiosa. Un tipo llamado Gavin se ha presentado inesperadamente ante la partida de caza hace un momento.

Gavin.

A Maggie se le cayó el alma a los pies.

Había escapado. Y lo había visto todo.

Y debe de haberse movido de prisa, pensó distr... *conseguir dar toda la vuelta y llegar hasta un grup... distancia... a tiempo para que Sylvia viniera en busca...*

—Probablemente tú no lo conoces —explicat... Pero yo sí. Es el traficante de esclavos que utilizo p... guir chicas del Exterior. Normalmente es muy bueno, ... estaba del todo alterado. Afirma que un grupo de esc... escapado en la montaña, y que de algún modo su soci... ha resultado muerto.

Bruja..., pensó Maggie, a quien no se le ocurrió una pala... ta lo bastante fuerte.

Sylvia lo sabía. No había la menor duda. Si Gavin era s... lacayo, y si le había contado que Bern estaba muerto, debía de haberle contado el resto. Que a Bern lo había matado el príncipe Delos en persona, que lo había frito con fuego azul, y que había dos esclavas delante de Delos en aquel momento.

Lo sabía desde el principio, pensó Maggie, *y simplemente intentaba tenderle una trampa a Delos. Pero ¿por qué no le teme? Es el príncipe, al fin y al cabo. Su padre está muerto; es él quien manda. Así pues, ¿cómo tiene la osadía de tender trampas?*

—Todos estábamos inquietos —seguía diciendo Sylvia, a la vez que ladeaba la cabeza de plateados cabellos—. Todos los nobles, y en especial tu bisabuelo. Los esclavos sueltos pueden significar problemas.

—Qué detalle de su parte al preocuparse —dijo Delos, y por lo que Maggie podía ver de su rostro, éste era inexpresivo y la voz seca y uniforme—. Pero no deberías haberlo hecho. He usado el fuego como práctica... en el otro traficante de esclavos. Y también en dos esclavas. Me han interrumpido cuando quería tranquilidad.

Maggie se quedó allí sentada llena de impotente admiración.

lo ha conseguido. Ha sido más listo que ella. Ahora no hay nada ella pueda decir. Y no existe ningún modo de demostrar que no ha matado. Gavin ha huido; no podría haber visto nada después eso. Nos acaba de salvar. Delos nos ha salvado tanto a Cady como mí... otra vez.

—Entiendo. —Sylvia inclinó la cabeza, con semblante dulce y conciliador, si bien no del todo convencida—. Bien, desde luego tenías todo el derecho de hacer eso. Así que las esclavas están muertas.

—Sí. Y puesto que no eran más que esclavas, ¿qué hacemos aquí parados hablando sobre ellas? ¿Hay algo respecto a ellas que no sepa?

—No, no. Por supuesto que no —repuso a toda prisa Sylvia—. Tienes razón; ya hemos malgastado suficiente tiempo. Regresemos.

Mentalmente, Maggie oyó la voz de Gavin: «No son esclavas corrientes. Si no entregamos a esa doncella, estamos muertos».

De modo que miente otra vez, pensó. Vaya una sorpresa. Pero ¿quién es la doncella? Y ¿por qué es tan importante?

Es más, siguió diciéndose la joven, ¿quién es el bisabuelo de Delos? Cuando Sylvia lo ha mencionado ha sonado casi como una amenaza. Pero si es un bisabuelo tiene que ser muy mayor. ¿Cómo se habrán asociado Sylvia y un vejete?

Era una pregunta interesante, pero no había tiempo para pensar en ello. Sylvia y Delos se alejaban de la cueva mientras ella murmuraba sobre tener que echarle una mirada al brazo de Delos cuando regresaran. Al cabo de un momento quedaron fuera del campo visual de Maggie y ésta prestó atención tan sólo al crujido de las pisadas sobre el esquisto.

Aguardó hasta que se apagó el sonido de la última pisada, luego contuvo la respiración y contó hasta treinta. Fue todo lo que pudo aguantar. Pasó agachada a través de la rendija de entrada y se quedó de pie al aire libre.

Había oscurecido por completo ya. Casi no veía nada, pero podía percibir el inmenso vacío del valle que tenía delante, y la solidez de la montaña detrás de ella.

Debería haberse sentido aliviada, por estar fuera y que no la hubiesen atrapado... pero en su lugar se sintió extrañamente asfixiada. Tardó un momento en comprender el motivo.

No se oía nada en absoluto. Ni pisadas, ni voces, ni animales. Y era eso lo que provocaba aquella sensación inquietante. Tal vez la noche fuera demasiado fría para la presencia de mosquitos y moscas, pero debía de existir alguna clase de vida animal que se dejara oír. Pájaros regresando a los árboles para descansar, murciélagos saliendo al exterior, venados alimentándose, gamos correteando por ahí; al fin y al cabo estaban en otoño.

No había nada. Maggie tuvo la incómoda sensación de encontrarse sola en un extraño mundo sin vida envuelto en algodones, aislada de todo lo que era real.

No te quedes ahí parada como una tonta pensando en ello, se dijo con severidad. *Encuentra a Cady. ¡Ahora!*

Apretando los dientes, metió el odre de agua en la chamarra e inició el regreso. Mediante la técnica de mantenerse pegada a la mole de la montaña a su izquierda y palpar al frente con el pie antes de cada paso, consiguió avanzar en medio de la oscuridad.

Cuando alcanzó el saliente, el desaliento le provocó un nudo en el estómago.

Genial. Descender en medio de una oscuridad total... no va a haber modo de ver los puntos de apoyo. Bueno, los buscaré palpando la pared. Lo peor que puede suceder es que caiga treinta metros en vertical.

—Cady —susurró.

Temía hablar demasiado alto; la partida de caza podría estar en cualquier parte y el sonido podía transmitirse sorprendentemente bien por la ladera de una montaña.

—¿Cady? ¿Estás bien?

El corazón le latió con fuerza cinco veces antes de que oyera algo abajo. No una voz, simplemente un ligero movimiento, como tela sobre roca, y luego un suspiro.

La embargó el alivio en una oleada que fue casi dolorosa. Cady no había muerto ni la habían secuestrado porque ella la hubiera abandonado.

—Quédate ahí —susurró tan fuerte como se atrevió—. Voy a bajar. He traído agua.

El descenso no fue tan arduo como había esperado. Tal vez porque aún tenía la adrenalina disparada, en modo supervivencia. Sus pies parecían hallar los puntos de apoyo por sí mismos, así que en unos pocos minutos estaba ya sobre el peñasco.

—Cady.

Los dedos localizaron el calor y la tela. La tela se movió y oyó otro pequeño suspiro.

—Cady, ¿estás bien? No te veo.

Y entonces la oscuridad pareció aclararse, y Maggie advirtió que sí podía ver la forma que tocaba, vagamente pero con claridad. Alzó la vista y se quedó muy quieta.

La luna había salido. En un cielo por otra parte cubierto de nubes, había una abertura pequeña, un punto despejado, y la luna brillaba a través de él igual que un rostro blanco sobrenatural, casi llena.

—Maggie. —La voz fue un quedo murmullo, casi un susurro, pero pareció insuflar paz y calma al corazón de Maggie—. Gracias por dejarme descansar. Me siento más fuerte ahora.

Maggie miró abajo. Una luz plateada acariciaba las curvas de la mejilla y los labios de Cady. La joven ciega parecía una antigua princesa egipcia, con el pelo oscuro suelto en encrespadas ondulaciones alrededor de los hombros y los cándidos ojos de espesas pestañas reflejando la luna. Su rostro estaba tan sereno como siempre.

—Lamento haber tardado tanto. Traigo un poco de agua —dijo Maggie, y ayudó a Cady a incorporarse y le colocó el odre en los labios.

No parece tener tanta fiebre, pensó mientras Cady bebía. *A lo mejor puede andar. Pero ¿adónde? ¿Adónde podemos ir?*

Jamás conseguirían llegar al sendero. E incluso aunque lo hiciesen, ¿qué harían a continuación? Se encontrarían muy arriba en una montaña —alguna montaña— envueltas por la oscuridad y el frío de una noche de noviembre.

—Es necesario llevarte a un médico —dijo.

Cady dejó de beber y le devolvió el odre.

—No creo que haya nada así por aquí. Podría haber alguna sanadora abajo en el castillo; pero... —Calló y movió negativamente la cabeza—. No merece la pena.

—¿Qué quieres decir con que no merece la pena? ¿De verdad te sientes mejor? —añadió Maggie, complacida.

Era la primera vez que Cady pronunciaba más de unas pocas palabras. Sonaba muy débil, pero racional, y sorprendentemente bien informada.

—No vale la pena porque constituye un riesgo demasiado grande. Soy un riesgo demasiado grande, ¿no lo entiendes? Tienes que dejarme aquí, Maggie. Baja y consigue un lugar donde refugiarte.

—¡Otra vez con la misma canción! —Maggie agitó una mano; estaba harta de aquel tema y no quería seguir con él—. Si te dejo aquí arriba morirás. Va a hacer un frío horrible. Así que no te dejaré. Y si hay una sanadora en el castillo, nos vamos al castillo. Esté donde esté el castillo, claro.

—Es el lugar donde están todos los que pertenecen al Night World —indicó Arcadia, inesperadamente sombría—. También los esclavos. Todos los que viven aquí están dentro del castillo; en realidad es como una pequeña ciudad. Y es justo el lugar al que no deberías ir.

Maggie pestañeó.

—¿Cómo es que sabes tanto? ¿Eres una esclava fugada como Jeanne?

—No. Oí hablar de ello hará un año a alguien que había estado aquí. Yo venía aquí por un motivo... Fue una lástima que me capturaran los traficantes de esclavos cuando iba de camino.

Maggie quiso preguntar más sobre ello, pero una voz insistente en su interior le dijo que no era el momento. Empezaba a hacer mucho frío. No podían verse atrapadas en la ladera durante la noche.

—La carretera por la que iba la carreta... ¿llega hasta el castillo? ¿Lo sabes?

Cady vaciló. Volvió el rostro en dirección al valle, y Maggie tuvo la extraña sensación de que la joven estaba mirando.

—Eso creo —dijo ésta por fin—. Tendría sentido que fuese así, de todos modos; sólo hay un sitio al que ir en el valle.

—Entonces tenemos que volver a encontrarlo. —Maggie sabía que eso no sería fácil, porque habían corrido un largo trecho huyendo de Bern y de Gavin; aun así sabía más o menos por dónde estaba—. Oye, incluso aunque no lleguemos al castillo, deberíamos encontrar la carretera para así saber dónde estamos. Y si tenemos que pasar la noche en la montaña, es mucho mejor dormir en el bosque. Hará más calor.

—Eso es cierto. Pero...

Maggie no le dio la oportunidad de seguir hablando.

—¿Puedes ponerte en pie? Te ayudaré; pon un brazo alrededor de mi cuello...

Fue dificultoso conseguir sacar a Cady del nido de rocas. Maggie y ella tuvieron que gatear la mayor parte del camino. Y aunque Cady jamás protestó, Maggie pudo advertir lo mucho que la agotaba.

—Vamos —dijo la joven—. Lo estás haciendo fabulosamente.

Y pensó, con los ojos entornados y los dientes apretados: *Si hace falta, la llevaré en brazos.*

Demasiadas personas le habían dicho que abandonara a aquella chica. Maggie no se había sentido nunca tan obstinada.

Pero no fue fácil. Una vez en el bosque, la cortina de ramas cortó el paso a la luz de la luna. En sólo cuestión de minutos, Cady ya se apoyaba pesadamente en Maggie, dando traspiés y tiritando, mientras que ésta también daba traspiés al tropezar con raíces o resbalar sobre pies de lobo y Hepáticas.

Extrañamente, Cady parecía tener un mejor sentido de la orientación que ella, y al principio no dejaba de murmurar: «Por aquí, creo». Pero al cabo de un rato dejó de hablar, y un poco después de eso, dejó incluso de responder a las preguntas de Maggie.

Por fin, paró en seco y osciló sobre los pies.

—Cady...

No sirvió de nada. La alta muchacha tiritó una vez, y luego se desplomó. Maggie tuvo que ingeniárselas como pudo para interceptar su caída.

Y a continuación estaba sentada sola en un pequeño claro, con el intenso aroma del cedro rojo a su alrededor y una joven desmayada en el regazo. Maggie permaneció inmóvil y escuchó con atención el silencio.

La quietud se rompió de improviso con el crujir de pisadas.

Pisadas que iban hacia ella.

Tal vez fuera un ciervo. Pero había algo de vacilante y furtivo en ellas. Crujido, pausa; crujido, pausa. Se le erizaron los pelos del cogote.

Contuvo la respiración y alargó la mano, palpando en busca de una roca o un palo... alguna arma. Cady le pesaba en el regazo.

Algo se agitó en los arbustos de salal que había entre dos árboles. Maggie forzó la vista, poniendo en tensión todos los músculos.

—¿Quién anda ahí?

caminata larga y fría. Y dolorosa. Al cabo de unos quince minutos, Maggie empezó a notar como si le estuviesen arrancando los brazos del tronco, y un ardiente foco de dolor le estalló en la parte posterior del cuello. El sudor que descendía por la espalda era pegajoso y tenía los pies entumecidos.

Pero no estaba dispuesta a ceder, y Jeanne tampoco. Sin saber cómo, siguieron adelante. Llevaban viajando casi unos cuarenta y cinco minutos, con pausas, cuando Jeanne dijo:

—Es aquí.

Se abrió un claro ante ellas, y la luz de la luna brilló sobre una choza pequeña y tosca construida con madera curtida por la intemperie. Se inclinaba peligrosamente hacia un lado y le faltaban varias tablas, pero tenía un techo y paredes. Era un refugio. A Maggie le pareció hermosa.

—La construyeron esclavos fugitivos —dijo Jeanne sin aliento mientras daban los últimos pasos hasta la cabaña—. Los miembros del Night World les dieron caza, desde luego, pero no encontraron este lugar. Todos los esclavos del castillo conocen su existencia. —Luego llamó en una voz algo más alta—. ¡Soy yo! ¡Abre la puerta!

Hubo una larga pausa, y entonces se oyó el sonido de un pasador de madera que resbalaba y la puerta se abrió. Maggie pudo ver la pálida mancha de una cara pequeña. P. J. Penobscot, con su gorra de beisbol de cuadros escoceses rojos todavía colocada al revés, aún con el menudo cuerpo en tensión, guiñaba unos ojos adormilados y asustados.

En seguida fijó la mirada y el semblante le cambió.

—¡Maggie! ¡Estás bien! —Se abalanzó sobre la muchacha como una pequeña jabalina.

—¡Ay!... ¡Eh!

Maggie se bamboleó y el cuerpo flácido de Cady se ladeó peligrosamente.

—Yo también me alegro de verte —dijo Maggie, y ante su

11

Los arbustos volvieron a agitarse. Los dedos de Maggie hallaron sólo bellotas y helechos en su búsqueda por el suelo, de modo que convirtió la mano en un puño y deslizó a Cady a un lado a la vez que se preparaba para actuar.

De la maleza emergió una figura. Maggie miraba con tanta intensidad que vio puntos grises, pero no consiguió averiguar de qué se trataba.

Hubo un silencio prolongado y tenso, y entonces le llegó una voz.

—Te dije que jamás lo lograrías.

Maggie estuvo a punto de desmayarse de alivio.

Al mismo tiempo la luna salió de detrás de una nube para iluminar el interior del claro y la figura delgada que estaba frente a ella de pie con una mano sobre una cadera. La pálida luz argéntea oscurecía casi hasta volver negro el cabello rojo, pero el rostro anguloso y los ojos entornados y escépticos eran inconfundibles. Por no mencionar el semblante avinagrado.

Maggie soltó una larga y estremecida bocanada de aire.

—¡Jeanne!

—No llegaste muy lejos, ¿verdad? La carretera está justo por allá. ¿Qué sucedió? ¿Se te murió la chica?

Fue sorprendente lo bien que aquella voz irritable y mordaz le sonó a Maggie, que rió temblorosamente.

—No, Cady no está muerta. Bern es quien está muerto; ya sabes, el traficante de esclavos grandote. Pero...

—Estás bromeando. —La voz de Jeanne se agudizó llena de respeto y la joven avanzó—. ¿Lo has matado?

—No. Ha sido... Oye, ya te lo explicaré más tarde. Primero, ¿puedes ayudarme a llevarla a algún lugar más resguardado? Realmente está empezando a helar aquí fuera, y ha perdido por completo el conocimiento.

Jeanne se inclinó hacia el suelo, mirando a Arcadia.

—Ya te dije antes que no iba a ayudarte si te metías en líos.

—Lo sé —repuso Maggie—. ¿Puedes agarrarla por ese lado? Si las dos le colocamos un brazo bajo los hombros, podría ser capaz de andar un poco.

—Tonterías —replicó Jeanne cortante—. Será mejor que le hagamos la silla. Juntamos las manos y podremos levantarla.

Maggie aferró su mano fría, delgada y encallecida; tenía una fuerza sorprendente. Alzó el peso con gran esfuerzo, y a continuación transportaban ya a la inconsciente muchacha.

—Eres fuerte —gruñó.

—Sí, bueno, ése es uno de los beneficios indirectos de ser una esclava. La carretera está en esta dirección.

Era una tarea incómoda y lenta, pero Maggie también era fuerte, y Jeanne parecía ser capaz de guiarlas de modo que sortearan las peores zonas de maleza. Y resultaba tan agradable el hecho de estar con otro ser humano que estaba sano y lúcido y que no quería matarla, que Maggie se sentía casi alegre.

—¿Qué hay de P. J.? ¿Está bien?

—Perfectamente. Está en un lugar que conozco; no es gran cosa, pero es un refugio. Ahí es adonde vamos.

—Cuidaste de ella —dijo Maggie, y movió la cabeza en la oscuridad y rió.

—¿A qué viene esa risita?

Jeanne hizo una pausa y pasaron unos cuantos minutos maniobrando para rodear un tronco caído cubierto de moho esponjoso.

—No es nada —respondió Maggie—. Es sólo... que eres muy buena persona, ¿no es cierto? En el fondo.

—Cuido de mí primero. Ésa es la norma por aquí. Y no la olvides —dijo Jeanne con un refunfuño amenazador, y a continuación profirió una imprecación al hundírsele el pie en un trozo cenagoso de terreno.

—De acuerdo —contestó Maggie que, de todos modos, pudo sentir cómo una sonrisa llena de ironía y asombro intentaba asomarle a la boca.

Ninguna de ellas tuvo demasiado aliento para hablar después de eso. Maggie estaba sumida en una especie de cansancio aturdido que no resultaba del todo desagradable. Su mente divagó.

Delos..., nunca había conocido a nadie tan desconcertante. Todo su cuerpo reaccionó sólo de pensar en él, con frustración e ira y con un anhelo que no comprendió. Fue una punzada física.

Pero por otra parte todo aquello resultaba tan sorprendente. Las cosas habían sucedido tan de prisa desde la noche anterior que aún no había tenido tiempo de conseguir un equilibrio mental. Delos y aquella cosa increíble que había sucedido entre ellos era únicamente una parte de todo el lío.

Me ha dicho que había matado a Miles...

Pero aquello no podía ser cierto. Miles no podía estar muerto. Y Delos no era capaz de nada parecido...

¿Lo era?

Descubrió que no quería pensar en eso. Era como una enorme nube negra en la que no quería penetrar.

A dondequiera que Jeanne la estuviese llevando, era una

sorpresa se encontró pestañeando para contener las lágrimas—. Pero tengo que dejar a esta chica en algún sitio o se caerá.

—Aquí al fondo —indicó Jeanne.

La parte posterior de la cabaña estaba cubierta de un montón de paja. Maggie y Jeanne depositaron con cuidado a Arcadia sobre ella y luego P. J. volvió a abrazar a Maggie.

—Nos sacaste de allí. Escapamos —dijo P. J., clavando la afilada y pequeña barbilla en el hombro de Maggie.

Maggie la estrechó con fuerza.

—Bueno... lo logramos entre todas, y Jeanne ayudó a que escaparas. Pero me alegro de que todo el mundo lo consiguiera.

—¿Está ella... bien? —P. J. se echó hacia atrás y bajó los ojos hacia Arcadia.

—No lo sé.

La frente de Cady estaba caliente bajo la mano de Maggie, y su respiración era regular, pero con un trasfondo áspero y sibilante que a Maggie no le gustó.

—Aquí hay algo con lo que podremos taparnos —dijo Jeanne, arrastrando hasta allí un trozo de tela gruesa e increíblemente tosca. Parecía tan grande como una vela de barco y era tan rígida que apenas se torcía o doblaba—. Si nos metemos todas debajo, podremos mantenernos calientes.

Pusieron a Cady en el centro, y Maggie y P. J. se colocaron en un lado y Jeanne en el otro. El cobertor era lo bastante grande como para poderlo extender sobre todas ellas y más.

Y el heno olía bien. Picaba, pero las mangas largas y los jeans protegían a Maggie. El cuerpo menudo de P. J., enroscado junto a ella, le proporcionaba un extraño confort; como si fuese un gatito, se dijo Maggie. Y resultaba tan dichosamente maravilloso no estar en movimiento, no llevar a nadie en brazos, sino simplemente estar sentada muy quieta y relajar los doloridos músculos.

—Hay un poco de comida oculta aquí —dijo Jeanne, hurgando bajo el heno y sacando un pequeño paquete—. Tiras de cecina y pasteles de avena con bayas de salal. Aunque sería mejor, de todas maneras que guardáramos un poco para mañana.

Maggie se arrojó sobre la carne curada con avidez. No sabía salada; era más dura y con un sabor más fuerte, pero en aquel momento le parecía deliciosa. Intentó conseguir que Cady comiera un poco, pero no hubo manera. La joven ciega se limitó a volver la cabeza.

Jeanne, P. J. y ella concluyeron la comida con un trago de agua, y luego se tumbaron otra vez sobre el lecho de heno.

Maggie se sentía casi feliz. Los retortijones de hambre del estómago habían desaparecido, los músculos se relajaban, y percibía cómo una cálida pesadez iba descendiendo sobre ella.

—Ibas a... contarme lo de Bern... —dijo Jeanne desde el otro lado de Cady, y las palabras se fueron apagando en un bostezo gigantesco.

—Sí. —El cerebro de Maggie estaba confuso y sus ojos no querían mantenerse abiertos—. Mañana...

Y entonces, tumbada sobre un montón de heno en una choza minúscula en un reino desconocido, con tres muchachas a las que no había conocido hasta aquella tarde y que ahora le parecía como si fuesen sus hermanas, se quedó profundamente dormida.

Maggie despertó con la nariz fría y los pies demasiado calientes. Una luz pálida penetraba por todas las rendijas de las tablas de la cabaña. Por un instante contempló fijamente las toscas tablas plateadas por la intemperie y el heno del suelo y se preguntó dónde estaba. Luego lo recordó todo.

—Cady.

Se incorporó hasta sentarse y miró a la muchacha que tenía al lado.

120

Cady no tenía buen aspecto. Su rostro mostraba el interno resplandor ceroso de alguien que tiene fiebre, y había pequeños rizos de húmedo pelo oscuro enroscados sobre su frente. Pero al oír la voz de Maggie, las pestañas aletearon y los ojos se abrieron.

—¿Maggie?

—¿Cómo te encuentras? ¿Quieres agua? —Ayudó a la muchacha a beber del odre.

—Estoy bien. Gracias a ti, creo. Tú me trajiste aquí, ¿no es verdad?

El rostro de Cady giró como si recorriera la habitación con sus grandes ojos extraviados. Hablaba con frases cortas, como si conservara energías, pero su voz era más dulce que débil.

—Y Jeanne, también. Gracias a las dos.

Debe de habernos oído conversar anoche, pensó Maggie. Jeanne estaba incorporándose, con paja en los rojos cabellos y los ojos verdes entornados y alerta al instante. P. J. empezaba a despertar y emitía ruiditos malhumorados.

—Buenos días —saludó Maggie—. ¿Está todo el mundo bien?

—Sí —respondió P. J. con una vocecita ronca, y a continuación sonó un fuerte retumbo procedente de su estómago—. Supongo que todavía tengo algo de hambre —admitió.

—Quedan un par de galletas de avena —dijo Jeanne—. Y una tira de carne. Será mejor que nos lo terminemos.

Obligaron a Cady a comer la carne, a pesar de que intentó rechazarla. Luego dividieron las galletas de avena solemnemente en cuatro partes y las comieron, masticando obstinadamente la seca y laminosa pasta.

—Vamos a necesitar más agua, también —comentó Maggie, pues después de que cada una bebiera, el odre estaba casi vacío—. Pero creo que lo primero es resolver qué vamos a hacer ahora. Cuál es nuestro plan.

—Lo primero —dijo Jeanne— es que nos cuentes qué le sucedió a Bern.

—¡Oh! —Maggie pestañeó, pero pudo comprender por qué Jeanne querría saberlo—. Bueno, está decididamente muerto.

Explicó lo que había sucedido después de que Cady y ella empezaran a correr a través del bosque. Cómo Gavin y Bern las habían perseguido y las habían arrinconado finalmente en el montón de peñascos. Cómo Bern había trepado y cambiado...

—Era un cambiante, ¿saben? —dijo.

Jeanne asintió, sin mostrar sorpresa.

—*Bern* significa «oso». Por lo general tienen nombres que significan lo que son. Pero ¿estás diciendo que intentaste enfrentarte a aquel tipo con un palo? Eres más tonta de lo que pensaba.

Con todo, los ojos verdes centelleaban con algo parecido a una irónica admiración, y P. J. escuchaba sobrecogida.

—Y entonces... se produjo aquel relámpago —contó Maggie—. Y mató a Bern, y luego Gavin huyó.

Comprendió, mientras explicaba lo sucedido, que no quería contar todo lo referente a Delos. No creía que Jeanne fuese a comprenderlo. Así que no dijo nada sobre el modo en que las mentes de ambos se habían unido al tocarse, y la forma en que ella había visto los recuerdos del muchacho... y el hecho de que había soñado con él antes de entrar en el valle.

—Entonces llené la bolsa del agua y oímos que venía Sylvia y él salió para asegurarse de que no nos encontrara ni a mí ni a Cady —finalizó.

Advirtió que todas la miraban fijamente. El rostro de Cady estaba pensativo y sereno como siempre, P. J. estaba asustada pero interesada en el relato; pero Jeanne estaba fascinada con una expresión de incredulidad y horror.

—¿Estás diciendo que fue el príncipe Delos quien les salvó la vida? ¿Con el fuego azul? ¿Estás diciéndome que no las entregó a la partida de caza? —Lo dijo como si hablara sobre Drácula.

—Es la verdad.

Menos mal que no le he hablado del beso, pensó Maggie.

—Es imposible. Delos odia a todo el mundo. Es el más peligroso de todos ellos.

—Sí, eso es lo que no dejaba de decirme.

Maggie sacudió la cabeza. El modo en que Jeanne la miraba la hacía sentir incómoda, como si estuviese defendiendo a algún malvado irredimible.

—También dijo en un cierto momento que mató a mi hermano —siguió contando despacio—. Pero no supe si creerlo...

—Créelo. —Los orificios nasales de Jeanne se ensancharon y sus labios se crisparon como si contemplara algo asqueroso—. Es el jefe de todo este lugar y de todo lo que sucede aquí. No hay nada que no fuese capaz de hacer. No puedo creer que te dejara marchar. —Caviló por un momento, luego dijo tétricamente—. A menos que tenga pensado algo especial para ti. Dejarte ir y luego darte caza más tarde. Es la clase de cosa que le gustaría.

Maggie notaba una extraña sensación de vacío en el estómago que no tenía nada que ver con el hambre. Intentó hablar con calma.

—No lo creo. Creo... que simplemente no le importaba que yo huyera.

—Te engañas a ti misma. No comprendes a esta gente porque no has estado aquí. Ninguna de ustedes ha estado antes aquí. —Jeanne miró a P. J., que observaba con sus enormes ojos azules, y a Cady, que escuchaba en silencio, con la cabeza ligeramente inclinada—. Los miembros del Night World son monstruos. Y los que pueblan el Reino Oscuro son los peores de todos. Algunos de ellos llevan vivos cientos de años, y otros ya estaban incluso aquí cuando el abuelo de Delos fundó este lugar. Han estado refugiados en este valle durante todo ese tiempo... y todo lo que hacen es cazar. Es su único deporte. Es todo lo que les importa. Es todo lo que hacen.

Maggie sentía un hormigueo por toda la piel. Una parte de ella no quería proseguir con el tema. Pero tenía que saber.

—Anoche reparé en algo inquietante —dijo—. Estaba de pie ahí fuera y escuchando, pero no pude oír ningún sonido animal en ninguna parte. Ninguno en absoluto.

—Han acabado con todos ellos. Todos los animales salvajes han desaparecido.

La delgada manita de P. J. aferró nerviosamente el brazo de Maggie.

—Pero entonces ¿qué cazan?

—Animales a los que crían y sueltan. He sido su esclava aquí durante tres años, y al principio sólo los veía criando animales locales: pumas, osos negros, glotones y animales así. Pero en el último par de años han empezado a traer animales exóticos. Leopardos, tigres y otros por el estilo.

Maggie soltó el aliento y palmeó la mano de P. J.

—Pero no a humanos.

—No me hagas reír. Desde luego que a humanos también; pero sólo cuando pueden conseguir una excusa. Las leyes dicen que los vampiros no pueden cazar esclavos y matarlos porque son demasiado valiosos; la provisión de comida desaparecería muy pronto. Pero si los esclavos escapan, entonces al menos pueden darles caza y llevarlos de vuelta al castillo. Y si hay que ejecutar a un esclavo, llevan a cabo una cacería a muerte.

—Entiendo. —El vacío en el estómago de Maggie se había convertido en un abismo enorme—. Pero...

—Si te dejó marchar, fue para así poder regresar y cazarte —dijo Jeanne, categórica—. Ya te lo estoy diciendo, es realmente malo. Hace tres años que murió el viejo rey y Delos asumió el poder, ¿de acuerdo? Y hace tres años que empezaron a traer esclavos nuevos. Ahora no sólo capturan a la gente que se acerca demasiado, sino que bajan incluso de la montaña y secuestran a chicas en las calles. Es por eso que yo estoy aquí. Es por eso que P. J. está aquí.

Junto a Maggie, P. J. se estremeció. Maggie la rodeó con un brazo y notó cómo el menudo cuerpo temblaba contra el suyo. Tragó saliva, cerrando con fuerza la otra mano.

—Vamos, peque. Has sido valiente de verdad hasta ahora, así que sigue siéndolo, ¿de acuerdo? Las cosas saldrán bien.

Pudo sentir los ojos sarcásticos de Jeanne desde el otro lado de Cady, retándola a explicar exactamente cómo iban a salir bien las cosas. Hizo caso omiso de ellos.

—¿Tambien a ti te sucedió lo mismo, Cady? —preguntó.

Le alegró librarse del tema de Delos, y recordaba aquella cosa extraña que Cady había dicho la noche anterior. «Yo venía aquí por un motivo...»

—No. Me atraparon en la montaña.

Pero el modo en que Cady habló alarmó a Maggie, pues lo hizo lentamente y con un esfuerzo evidente, con la voz de alguien que tenía que utilizar todas sus energías sólo para concentrarse.

Maggie lo olvidó todo sobre Delos y el tráfico de esclavos y posó una mano en la frente de Cady.

—¡Dios mío! —dijo—. Estás ardiendo. Tienes una fiebre altísima.

Cady parpadeó despacio.

—Sí... Es el veneno —dijo con una voz espesa—. Me inyectaron algo cuando me atraparon, pero reaccioné mal a ello. Mi sistema no puede procesarlo.

Maggie sintió una veloz ráfaga de adrenalina.

—Y estás empeorando. —Cuando Cady asintió de mala gana, siguió—: ¡Bien! Entonces no nos queda otra elección. Te-

125

nemos que llegar al castillo porque es ahí donde están las sanadoras, ¿cierto? Si hay alguien que pueda ayudarnos, son ellas, ¿no es así?

—Espera un momento —terció Jeanne—. No podemos bajar al castillo. Estaríamos metiéndonos directamente en la boca del lobo. Y no podemos salir del valle. Encontré el sendero una vez, pero fue por casualidad. No podría volver a encontrarlo.

—Yo podría —dijo Maggie, y cuando Jeanne la miró atónita, repuso—: No importa cómo. Sencillamente puedo. Pero ir en esa dirección significa escalar una montaña y descender por el otro lado, y Cady no podría conseguirlo. Y no creo que pueda salir airosa si la dejamos aquí sola y vamos en busca de ayuda.

Los verdes ojos entornados de Jeanne volvían a estar puestos en ella, y Maggie supo lo que decían. «Por lo tanto, tenemos que considerarla un caso perdido. Es lo único que tiene sentido.» Pero Maggie siguió adelante, incontenible, llena de determinación.

—Tú puedes llevar a P. J. al sendero... Puedo decirte cómo llegar allí... Y yo llevaré a Cady al castillo. ¿Qué te parece? Si tú puedes decirme cómo llegar a él...

—Es una pésima idea —declaró Jeanne, tajante—. Incluso aunque llegues al castillo con ella agarrada a ti, no sabrás cómo entrar. Y si consigues entrar, te estarás suicidando...

Dejó de hablar de repente, y todas se sobresaltaron. Por un instante Maggie no comprendió el motivo; todo lo que sabía era que había experimentado una repentina sensación de alarma y se había puesto alerta. Entonces advirtió que Cady había vuelto la cabeza bruscamente hacia la puerta. Fue el veloz gesto instintivo de un gato que ha oído algo peligroso, y disparó el miedo en las muchachas que estaban aprendiendo a vivir siguiendo sus propios instintos.

Y ahora que Maggie permanecía totalmente inmóvil, también ella pudo oírlo, lejano pero nítido. El sonido de gente que

126

daba gritos, gritando en una dirección y en otra. Y otro sonido, uno que sólo había oído en las películas, pero que reconoció al instante. El aullido de perros de caza.

—Son ellos —susurró Jeanne en el silencio sepulcral de la choza—. Te lo dije. Nos están dando caza.

—¿Con perros? —dijo Maggie; la conmoción hormigueaba por todo su cuerpo.

—Todo ha acabado —repuso Jeanne—. Estamos muertas.

12

—¡No, aún no! —replicó Maggie, y apartó de una patada la pesada colcha y se incorporó de un salto, agarrando el brazo de Cady—. ¡Vamos!

—¿Adónde? —preguntó Jeanne.

—Al castillo —contestó Maggie—. Pero tenemos que mantenernos juntas. —Agarró el brazo de P. J. con la otra mano.

—¿Al castillo?

Maggie inmovilizó a Jeanne con una mirada.

—Es lo único que tiene sentido. Esperarán que intentemos hallar el sendero, ¿de acuerdo? Y si nos quedamos aquí nos encontrarán. El único lugar al que no esperarán que vayamos es al castillo.

—Tú —dijo Jeanne— estás totalmente loca...

—¡Vamos!

—Pero tal vez tengas razón. —Jeanne agarró a Cady por el otro lado a la vez que Maggie iba hacia la puerta.

—Tú permanece justo detrás de nosotras —siseó Maggie a la pequeña P. J.

El paisaje ante ella tenía un aspecto distinto al de la noche anterior. La neblina formaba una red plateada por encima de los árboles, y aunque no había sol, las nubes tenían un frío resplandor nacarino.

Era hermoso. Seguía siendo ajeno a ella, seguía resultando inquietante, pero era hermoso.

Y en el valle situado abajo había un castillo.

Maggie se detuvo involuntariamente cuando lo avistó. Surgía de la neblina como una isla, negro, radiante y sólido. Con torreones en los extremos. Y rodeado por una muralla que tenía la parte superior dentada, exactamente como los castillos de las películas.

Parece tan real, pensó estúpidamente.

—¡No te quedes ahí parada! ¿Qué estás esperando? —le soltó Jeanne, jalando a Cady.

Maggie apartó los ojos del castillo y movió las piernas. Se encaminaron a buen paso directamente a los árboles más tupidos que había por debajo de la choza.

—Si son perros, deberíamos intentar hallar un arroyo o algo así, ¿de acuerdo? —le dijo a Jeanne—. Para eliminar nuestro rastro.

—Conozco un arroyo —respondió ella, hablando en cortas ráfagas mientras se abrían paso por entre helechos y saxígrafas empapados de rocío—. Viví aquí fuera durante un tiempo la primera vez que escapé. Cuando buscaba la senda de montaña. Pero no son sólo perros.

Maggie ayudó a Cady a pasar por encima de las raíces parecidas a tentáculos de un árbol de cicuta.

—¿Qué se supone que significa eso?

—Significa que son cambiantes, como Bern y Gavin. De modo que no nos siguen la pista sólo por el olor. También perciben nuestra energía vital.

Maggie pensó en Bern girando el rostro a un lado y a otro, diciendo: «¿Percibes algo?». Y a Gavin respondiendo: «No. No las capto en absoluto».

130

—Fabuloso —masculló la muchacha.

Echó un vistazo atrás y vio a P. J. siguiéndolas con tenacidad y con el rostro tenso por la concentración.

Era una extraña clase de cacería. Maggie y su grupo intentaban hacer el menor ruido posible, algo que facilitaba la humedad del bosque pluvial que las rodeaba. Aunque eran cuatro moviéndose a la vez, el único sonido que se oía a su alrededor era el jadeo quedo de respiraciones rápidas y algún que otro jadeo corto dando instrucciones por parte de Jeanne.

Resbalaban, se hundían y daban traspiés entre los enormes troncos oscuros que se erguían igual que columnas en la niebla. Ramas de cedros se inclinaban hacia el suelo desde las alturas, creando penumbra allí donde Maggie intentaba abrirse paso alrededor de los troncos cubiertos de musgo. Había un fresco aroma vegetal parecido a incienso por todas partes.

Pero por muy silencioso que estuviese el mundo a su alrededor, el sonido de los perros de caza ladrando a lo lejos no desaparecía. Siempre detrás de ellas, siempre acercándose un poco más.

Cruzaron un arroyo helado con el agua hasta la altura de las rodillas, pero Maggie no tenía muchas esperanzas de que fuese a librarlas de la persecución. Cady empezó a rezagarse en serio después de aquello. Parecía aturdida y sólo consciente a medias; seguía las instrucciones que le daban como si fuera sonámbula, y respondía a las preguntas únicamente con murmullos confusos. A Maggie también le preocupaba P. J. Todas estaban débiles por el hambre y trémulas por culpa del estrés.

Pero no fue hasta que estuvieron casi en el castillo que la partida de caza las alcanzó.

De algún modo habían conseguido finalizar la larga y agotadora caminata montaña abajo. Maggie sentía orgullo por P. J. y Cady. Y entonces, de repente, les llegaron los aullidos de los perros, terriblemente cerca y cada vez más fuertes.

En ese mismo instante, Jeanne se detuvo y profirió una imprecación, clavando la mirada al frente.

—¿Qué? —Maggie jadeaba violentamente—. ¿Los ves?

Jeanne señaló con el dedo.

—Lo que veo es la carretera. Soy una idiota. Bajan directamente por ella, mucho más de prisa de lo que podemos ir nosotras a través del monte bajo. No me había dado cuenta de que nos dirigíamos hacia ella.

P. J. se apoyó contra Maggie, respirando agitadamente y con la gorra de beisbol torcida.

—¿Qué vamos a hacer? —preguntó—. ¿Van a atraparnos?

—¡No! —Maggie apretó las mandíbulas con decisión—. Tenemos que retroceder a toda prisa...

En aquel momento, en un tono débil pero claro, Cady dijo:

—El árbol.

Tenía los ojos entornados, la cabeza inclinada, y todavía daba la impresión de estar en trance; pero por algún motivo Maggie sintió que tenía que escucharla.

—Eh, esperen... miren esto.

Estaban paradas al pie de un enorme abeto Douglas. Las ramas más bajas estaban demasiado altas para trepar del modo normal, pero un arce había caído contra él y había quedado encajado, con las ramas trabadas con el gigante, formando una rampa empinada pero por la que se podía trepar.

—Podemos subir.

—Estás loca —volvió a decir Jeanne—. No hay modo de que podamos ocultarnos aquí; van a pasar justo por nuestro lado. Y además, ¿cómo sabe ella siquiera que hay un árbol aquí?

Maggie miró a Arcadia. Era una buena pregunta, pero Cady no respondía, y parecía volver a entrar en trance.

—No lo sé. Pero no podemos simplemente quedarnos por aquí y esperar a que lleguen. —La verdad era que todos sus instintos estaban en pie y zumbándole, y le decían que confiara en Cady—. Probémoslo, ¿de acuerdo? Vamos, P. J., ¿puedes trepar a ese árbol?

Cuatro minutos más tarde estaban todas arriba. *Nos escondemos en un árbol de Navidad*, pensó Maggie mientras miraba afuera por entre ramilletes de aromáticas agujas planas. Desde aquella altura podía ver la carretera, formada sólo por dos marcas de rodadas en cuyo centro crecía la hierba.

Justo entonces llegó la partida de caza.

Los perros llegaron primero, perros tan grandes como *Jake*, el gran danés, pero más flacos. Maggie pudo verles las costillas claramente definidas bajo el corto pelaje de un canela apagado. Justo detrás de ellos había gente a caballo.

Sylvia iba al frente del grupo.

Llevaba puesto lo que parecía un vestido con falda pantalón para poder montar, en un frío tono verde glaciar. Trotando junto a su estribo iba Gavin, el rubio traficante de esclavos que había perseguido a Maggie y a Cady el día anterior y había huido para delatarlos cuando Delos mataba a Bern con el fuego azul.

Sí, ya lo creo que son compinches, se dijo Maggie. Pero no tuvo tiempo para darle demasiadas vueltas, porque acercándose de prisa por detrás de Sylvia había otras dos personas que le provocaron una sacudida cada una, y no sabía qué sobresalto era el peor.

Uno era Delos. Montaba un caballo bellísimo, de un castaño tan oscuro que era casi negro, pero con reflejos rojizos. Aparecía erguido y desenvuelto sobre la silla, con todo el aspecto de un joven y elegante príncipe. La única nota discordante era el pesado aparato ortopédico que llevaba en el brazo izquierdo.

Maggie lo miró fijamente, sintiendo que se le helaba el corazón.

Sí que iba tras ellas. Era tal y como Jeanne había dicho. Les estaba dando caza con perros. Y probablemente le había contado a Sylvia que en realidad no había matado a las dos esclavas.

De un modo casi inaudible, Jeanne musitó:

—¿Lo ves?

Maggie no pudo mirarla.

Entonces vio a otro jinete abajo y se quedó petrificada por el desconcierto.

Era el padre de Delos.

Tenía exactamente el mismo aspecto con el que aparecía en los recuerdos del chico. Un hombre alto, con pelo rojo sangre y un rostro frío y apuesto. Maggie no podía verle los ojos a aquella distancia, pero sabía que eran de un amarillo feroz y refulgente.

El viejo rey. Pero había muerto. Maggie estaba demasiado agitada para ser cautelosa.

—¿Quién es ése? El hombre pelirrojo —murmuró apremiante a Jeanne.

Jeanne respondió casi sin emitir ni un solo sonido.

—Hunter Redfern.

—¿No es el rey?

Jeanne negó con la cabeza casi imperceptiblemente. Luego, cuando Maggie siguió mirándola con asombro, musitó:

—Es el bisabuelo de Delos. Acaba de llegar. Ya te lo contaré más tarde.

Maggie asintió. Y al cabo de un instante se le fue por completo de la cabeza cuando la mano de P. J. la aferró con fuerza y sintió una oleada de adrenalina.

El grupo de abajo se detenía.

Los perros giraron y describieron un círculo primero, formando un grupo vacilante a menos de seis metros carretera adelante. Los jinetes quedaron casi directamente debajo del árbol donde estaba Maggie cuando detuvieron sus caballos.

—¿Qué sucede? —inquirió el hombre alto, al que Jeanne había llamado Hunter Redfern.

Y entonces uno de los perros cambió. Maggie captó el movimiento con el rabillo del ojo y miró a toda prisa, o se lo habría perdido.

El flaco e hirsuto animal se alzó sobre las patas traseras, igual que un perro intentando mirar por encima de una valla. Pero cuando alcanzó toda su estatura no se bamboleó ni volvió a descender, sino que se estabilizó, y todo el cuerpo de apagado color canela onduló.

Luego, como si fuese lo más natural del mundo, los hombros retrocedieron y los brazos cobraron volumen. La columna vertebral se enderezó y la criatura pareció ganar más altura, luego la cola se retrajo y desapareció, y el rostro de podenco se transformó: las orejas y el hocico encogieron, la barbilla se alargó. En unos veinte segundos el perro había pasado a ser un muchacho, un muchacho que todavía lucía retazos de piel canela aquí y allí, pero con un aspecto definitivamente humano.

Y lleva puestos unos pantalones , pensó Maggie distraídamente, incluso a pesar de que tenía el alma en vilo. *Me gustaría saber cómo se las arreglan.*

El muchacho volvió la cabeza en dirección a los jinetes. Maggie vio cómo las costillas de su pecho desnudo se movían al compás de la respiración.

—Aquí pasa algo —dijo—. Ya no puedo seguir su energía vital.

Hunter Redfern miró en derredor.

—¿La están bloqueando?

Gavin tomó la palabra desde su puesto junto al estribo de Sylvia.

—Bern también dijo ayer que la bloqueaban.

—¿No es eso imposible? —La voz indiferente de Delos llegó desde la parte posterior del grupo, donde contenía con mano experta las nerviosas cabriolas de su caballo—. Si no son más que humanas...

135

Hunter no se movió ni pestañeó, pero Maggie vio que Sylvia y Gavin intercambiaban una veloz mirada. Ella misma giró la cabeza levemente, justo lo suficiente para mirar a las otras muchachas del árbol.

Quería ver si Jeanne comprendía de qué hablaban, pero fue Cady quien atrajo su atención. Los ojos de la joven estaban cerrados, y apoyaba la cabeza en el oscuro tronco lleno de surcos; pero sus labios se movían, aunque Maggie no pudo oír ningún sonido.

Y Jeanne la observaba con ojos entornados y una expresión de torva suspicacia.

—La chusma humana está llena de sorpresas —decía Hunter Redfern con tranquilidad allí abajo—. No importa. Acabaremos atrapándolas.

—Puede que se dirijan al castillo —dijo Sylvia—. Será mejor que pongamos guardias extra en la puerta.

Maggie reparó en que Delos se ponía tenso ante aquello.

Y lo mismo hizo Hunter Redfern, incluso a pesar de que miraba en dirección opuesta. Éste dijo con voz calmada:

—¿Qué le parece eso, príncipe Delos?

Delos no se movió durante un instante. Luego respondió:

—Sí. Háganlo.

Pero lo dijo a un hombre enjuto y barbudo que tenía al lado, quien inclinó la cabeza con una veloz sacudida.

E hizo algo que le heló el corazón a Maggie.

Alzó la vista hacia ella.

Los otros miembros del grupo, incluidos los perros, escrutaban a un lado y a otro de la carretera, o hacia el interior del bosque. Delos era el único que había permanecido sentado en silencio, mirando hacia el frente. Pero ahora había ladeado la barbilla y había girado un rostro inexpresivo en dirección al montón de ramas donde estaba sentada Maggie.

Y trabó directamente la mirada con ella.

Ella vio el fulgor de sus ojos amarillos, incluso a aquella distancia. Miraba fría y fijamente... hacia ella.

Maggie retrocedió violentamente y estuvo en un tris de caerse. El corazón le latía con tanta fuerza que tenía una sensación de asfixia. Pero no parecía capaz de poder hacer otra cosa que aferrarse a su rama.

Estamos muertas, pensó atolondradamente, inmovilizada por aquellos ojos dorados. *Es más fuerte que el resto de ellos; es un Poder Salvaje. Y pudo percibirnos desde el principio.*

Ahora todo lo que tienen que hacer es rodear el árbol. Podemos intentar enfrentarlos... pero no tenemos armas. Nos vencerán en un instante...

Vete. La voz le provocó una nueva sacudida. Era clara e indiferente... y estaba en la cabeza de Maggie.

¿Delos?, pensó ella, clavando los ojos en aquella mirada ardiente. *¿Puedes...?*

La expresión del muchacho no cambió. *Ya te lo dije antes, pero no quisiste escucharme. ¿Qué es lo que tengo que hacer para que lo comprendas?*

El corazón de Maggie empezó a latir a más velocidad.

Delos, escúchame. No quiero...

Te lo advierto, dijo él, y su voz mental era como el hielo. *No vengas al castillo. Si lo haces, no volveré a protegerte.*

Maggie se sintió helada hasta los huesos, demasiado entumecida para formar siquiera palabras con las que responderle.

Lo digo en serio, siguió él. *Mantente alejada del castillo si quieres seguir viva.*

A continuación volvió la cabeza y Maggie sintió que el contacto entre ellos quedaba interrumpido limpiamente. Pudo percibir un vacío en el lugar donde había estado la presencia del joven.

—Vámonos —dijo él con una voz seca y dura, y espoleó a su caballo al frente.

Y entonces todos se pusieron en movimiento, prosiguiendo la marcha por el sendero, mientras Maggie trataba de impedir que sus estremecimientos zarandearan el árbol.

Cuando el último caballo quedó fuera de su vista, P. J. soltó el aliento que había contenido, hundiendo el cuerpo.

—Pensé que nos tenían —susurró.

Maggie tragó saliva.

—También yo. Pero Cady tenía razón. Han seguido adelante. —Giró la cabeza—. ¿Qué era esa historia de que nosotras los bloqueábamos?

Cady tenía todavía la cabeza apoyada en el tronco, y sus ojos seguían cerrados. Pero parecía casi dormida ahora... y los labios no se movían.

Los ojos de Jeanne siguieron los de Maggie. Todavía estaban entornados, y la boca seguía rígida con algo parecido a un humor sombrío. Pero no dijo nada. Al cabo de un momento enarcó una ceja y efectuó un mínimo encogimiento de hombros.

—¿Quién sabe?

Tú lo sabes, pensó Maggie. *Al menos sabes más de lo que me dices.* Pero había otra cosa que le preocupaba, así que dijo:

—Bien, pues ¿qué hay de ese tipo que se parece al padre de Delos? Hunter Redfern.

—Es un pez gordo en el Night World —contestó Jeanne—. Puede que el más gordo. Fue su hijo quien fundó este lugar allá por el siglo xv.

Maggie pestañeó.

—¿Cómo?

Los ojos de la otra muchacha refulgieron brevemente, sarcásticos.

—En el siglo xv —dijo con exagerada paciencia—. Son vampiros, ¿ok? De hecho, todos son lamias, que es la clase de vampiro que puede tener hijos, pero ésa no es la cuestión.

La cuestión es que son inmortales, excepto en el caso de accidentes.

—Ese tipo lleva vivo más de quinientos años —dijo Maggie lentamente, mirando sendero adelante por donde había desaparecido Hunter Redfern.

—Así es. Y, sí, todo el mundo dice lo mucho que se parece al viejo rey. O viceversa, ya sabes.

Delos desde luego piensa que se parece a él, se dijo Maggie, que había visto el modo en que Hunter manejaba a Delos, guiándolo con tanta destreza como Delos había guiado a su caballo. Delos estaba acostumbrado a obedecer a alguien que se parecía y hablaba exactamente como Hunter Redfern.

Entonces frunció el entrecejo.

—Pero... ¿a qué se debe que no sea rey?

—Oh... —Jeanne suspiró y se agachó repentinamente bajo un ramillete de agujas de abeto que tenía enredadas en el pelo; parecía impaciente e incómoda—. Procede del Exterior, ¿de acuerdo? Sólo lleva aquí un par de semanas. Todos los esclavos dicen que ni siquiera sabía nada sobre este lugar antes de eso.

—Que no sabía nada...

—Oye. Eso es lo que he oído de los esclavos ancianos, ¿de acuerdo? Hunter Redfern tenía un hijo llamado Chervil cuando era realmente joven. Y cuando Chervil tenía, digamos, nuestra edad, tuvieron una discusión tremenda y se distanciaron. Y luego Chervil huyó con sus amigos, y eso dejó a Hunter Redfern sin un heredero. Y Hunter Redfern jamás supo que el lugar al que fue el chico era aquí. —Jeanne indicó todo el valle con un ademán—. Para iniciar su propio pequeño reino de miembros del Night World. Pero luego, de algún modo, Hunter lo averiguó, así que vino de visita. Y es por eso que está aquí.

Acabó de hablar y estiró los hombros, bajando la vista hacia el árbol que les había servido de rampa con expresión especulativa. P. J. estaba sentada en silencio, paseando la mirada de Jeanne a Maggie. Cady se limitaba a respirar.

Maggie se mordisqueó el labio, sin darse por satisfecha todavía.

—¿Está aquí sólo de visita? ¿Eso es todo?

—Soy una esclava. ¿Crees que le pregunté personalmente?

—Creo que lo sabes.

Jeanne la contempló fijamente por un momento, luego dirigió una ojeada a P. J. El semblante era casi hosco, pero Maggie comprendió.

—Jeanne, ha pasado ya por un infierno. Lo que sea, puede aguantarlo. ¿Verdad que sí, peque?

P. J. hizo girar la gorra de cuadros escoceses en un círculo completo y se la acomodó con más firmeza en la cabeza.

—Claro —respondió, categórica.

—Así que cuéntanoslo —dijo Maggie—. ¿Qué hace Hunter Redfern aquí?

13

—Creo —repuso Jeanne— que está aquí para lograr que Delos liquide el Reino Oscuro. Para que cierre el castillo y se una a él en el Exterior. Y para, de paso, por supuesto, matar a todos los esclavos.

Maggie la miró atónita.

—¿Matarlos a todos?

—Bueno, tiene sentido. Nadie los necesitaría ya.

—Y es por eso por lo que has vuelto a escapar —dijo Maggie lentamente.

Jeanne le dirigió una veloz mirada de sorpresa.

—En realidad no eres tan estúpida como pareces a primera vista, ¿sabes?

—No me digas, gracias.

Maggie se removió en su rama. Un minuto antes había estado pensando en lo estupendo que sería alejarse de las ramitas que se le clavaban, pero ahora de improviso quería permanecer allí eternamente, ocultándose. Tenía un presentimiento muy malo.

—Y dinos, ¿por qué —dijo, dando forma a sus pensamientos muy despacio— quiere Hunter Redfern hacer esto precisamente ahora?

—¿Tú qué crees? Realmente, Maggie, ¿qué sabes sobre todo esto?

Cuatro Poderes Salvajes, pensó Maggie, oyendo la voz del viejo profesor de Delos en su mente, *que serán necesarios al llegar el milenio, para salvar el mundo... o destruirlo.*

—Sé que va a suceder algo cuando llegue el milenio, y que Delos es un Poder Salvaje, y que se supone que los Poderes Salvajes harán algo...

—Salvar el mundo —dijo Jeanne con una voz cortante—. Salvo que eso no es lo que la gente del Night World quiere. Calculan que va a suceder alguna catástrofe enorme que eliminará a la mayor parte de los humanos... y que luego ellos podrán hacerse con el mando. Y es por eso que Hunter Redfern está aquí. Quiere a los Poderes Salvajes en su bando en lugar de en el de los humanos. Quiere que ayuden a destruir el mundo humano en lugar de salvarlo. Y da la impresión de que tiene medio convencido a Delos.

Maggie soltó un suspiro estremecido y recostó la cabeza contra una rama. Era justo lo que Delos le había contado; salvo que Jeanne era una parte no interesada. Seguía sin querer creerlo, pero tenía un terrible presentimiento. De hecho, tenía una extraña sensación de peso, como si algo horrible intentara instalársele en los hombros.

—El milenio en realidad significa el fin del mundo —dijo.

—Sí; de nuestro mundo, al menos.

Maggie dirigió una ojeada a P. J., que columpiaba las delgadas piernas por encima del borde de una rama.

—¿Todavía estás bien?

P. J. asintió. Parecía asustada, pero no de un modo insoportable. Mantuvo los ojos puestos en el rostro de Maggie confiadamente.

—¿Y todavía quieres ir al castillo? —inquirió Jeanne, observando a Maggie igual de detenidamente—. No es nada recomendable meterse con Hunter Redfern. Y odio decírtelo, pero tu amigo el príncipe Delos va en busca de sangre igual que el resto de ellos.

—No, no tengo ningunas ganas de ir —repuso Maggie en tono seco, y bajó la cabeza y dedicó a Jeanne una mirada preocupada por debajo de las pestañas—. Pero tengo que hacerlo, de todos modos. Todavía con más motivos ahora.

—¿Como por ejemplo?

Maggie alzó un dedo.

—Uno, tengo que conseguir ayuda para Cady. —Dirigió una veloz mirada a la figura inmóvil aferrada como en trance al tronco del abeto, luego alzó otro dedo—. Dos, tengo que averiguar qué le sucedió a mi hermano. —Otro dedo—. Y tres, tengo que liberar a esos esclavos antes de que Hunter Redfern los haga matar a todos.

—¿Que tienes que hacer qué? —dijo Jeanne con un ahogado grito, y estuvo a punto de caer del árbol.

—Ya esperaba que reaccionaras así. No te preocupes por ello. No es necesario que te veas involucrada.

—Estaba equivocada. Eres tan tonta como pareces. Y estás totalmente chiflada.

Sí, lo sé, pensó Maggie tétricamente. *Probablemente haya sido mejor que no mencionara la cuarta razón.*

O sea, que tenía que impedir que Delos secundara el fin del mundo. Ésa era la responsabilidad que había recaído sobre ella, y no tenía ni idea de por qué era suya salvo que ella había estado dentro de su mente, y lo conocía. No podía irse sin más.

Si alguien podía hablarle sobre ello y convencerlo para que no lo hiciera, ésa era ella. No tenía la menor duda al respecto. Así que era tarea suya intentarlo.

Y si realmente era tan malvado como Jeanne parecía pensar; si era cierto que había matado a Miles... bueno, entonces tenía una tarea distinta que llevar a cabo.

Tenía que hacer lo que fuese necesario para detenerlo. Por lejano e imposible que pareciese, tendría que matarlo si fuera necesario.

—Vamos —dijo a las otras muchachas—. Cady, ¿crees que puedes descender ahora? Y, Jeanne, ¿conoces un modo de entrar en el castillo?

El foso apestaba.

A Maggie le había alegrado enterarse de que Jeanne conocía un modo de entrar en el castillo; pero eso había sido antes de descubrir que implicaba nadar por aguas estancadas y trepar por lo que Jeanne llamó un excusado pero que, a todas luces, era el pozo de una vieja letrina.

—Que alguien me mate —musitó Maggie en mitad de la ascensión.

Estaba empapada y embadurnada de un cieno inconcebible. No podía recordar haber estado jamás tan sucia.

Al cabo de un instante se olvidó de todo ello en su preocupación por Cady. La joven había conseguido nadar; todavía hacía todo lo que le decían como si estuviera en trance. Pero en aquellos momentos empezaba a mostrarse temblorosa, y Maggie se preguntó si tanta actividad y de aquella clase en particular era beneficiosa para alguien que había sido envenenado.

Cuando por fin estuvieron en lo alto del pozo, Maggie miró a su alrededor y vio un cuarto pequeño que parecía construido directamente en el muro del castillo. Todo estaba hecho de piedra oscura, que proporcionaba una sensación de frío y eco.

—No hagan ningún ruido —susurró Jeanne y se inclinó muy cerca de Maggie, que ayudaba a sostener a Cady—. Tenemos que bajar por un pasillo y cruzar la cocina, ¿de acuerdo? No pasa nada si nos ve algún esclavo, pero tenemos que estar al tanto por si aparecen «ellos».

144

—Tenemos que llevar a Cady a una sanadora...

—¡Lo sé! Es ahí adonde estoy tratando de llevarlas. —Jeanne cerró una mano sobre el hombro de P. J. y la hizo entrar en un corredor.

Más piedra. Más ecos. Maggie intentó andar sin que los zapatos chapotearan o golpearan el suelo. Estaba vagamente impresionada por el propio castillo; era magnífico y frío y tan enorme que se sentía como un insecto mientras avanzaba por el pasillo.

Tras lo que pareció un recorrido interminable, salieron a una pequeña entrada dividida por mamparas de madera. Maggie pudo oír actividad tras las mamparas y, mientras Jeanne las hacía avanzar sigilosamente, vislumbró brevemente a personas moviéndose en el otro lado. Extendían manteles blancos sobre largas mesas de madera en una habitación que parecía más grande que toda la casa de Maggie.

Otro portal. Otro pasillo. Y finalmente la cocina, que estaba llena de personas ajetreadas que removían enormes calderos de hierro y hacían girar carne ensartada en asadores. El olor de una docena de distintas clases de comida golpeó a Maggie y le produjo una sensación de desfallecimiento. Estaba tan hambrienta que las rodillas le temblaron y tuvo que tragar saliva con fuerza.

Pero más aún que hambrienta, se sentía asustada. Estaban a la vista de docenas de personas.

—Esclavos —dijo Jeanne con sequedad—. No nos delatarán. Agarren un saco para envolverse en él y sigan adelante. P. J., quítate ese ridículo sombrero.

Esclavos, pensó Maggie, mirando fijamente. Todos parecían vestir de un modo idéntico, con pantalones holgados y blusones que eran como túnicas cortas. Jeanne llevaba puesto lo mismo; pero se había asemejado lo suficiente a la ropa del Exterior como para que Maggie no se fijara realmente. Lo que le llamó la atención ahora fue que todo el mundo parecía tan... sin planchar. No había arrugas muy marcadas. Y no había auténtico color. Todas las ropas eran de un tono indeterminado de beige parduzco, y todos los rostros parecían igual de apagados y desvaídos. Eran como autómatas.

¿Cómo sería vivir de aquel modo?, se preguntó mientras se echaba un burdo saco sobre los hombros para ocultar el azul oscuro de la chamarra. ¿Sin poder elegir nada de lo que uno hacía, y sin ninguna esperanza para el futuro?

Sería terrible, decidió. Y sencillamente uno podría volverse loco.

Me pregunto si alguno de ellos... replica alguna vez.

Pero no pudo seguir mirando a su alrededor porque Jeanne cruzaba ya a toda prisa una entrada que daba al aire libre. Había una especie de huerto allí, justo al salir de la cocina, con unos árboles frutales escuálidos y lo que parecían hierbas aromáticas. Luego encontraron un patio y por fin una hilera de cabañas acurrucadas contra la alta muralla negra que rodeaba el castillo.

—Ésta es la parte realmente peligrosa —musitó Jeanne con aspereza—. Es la parte posterior, pero si a uno de «ellos» se le ocurre mirar fuera y nos ve, vamos a tener problemas. Mantengan la cabeza gacha... y anden de este modo. Como una esclava. —Las hizo correr, arrastrando los pies, en dirección a una cabaña.

Este lugar es como una ciudad, pensó Maggie. *Una ciudad dentro de una muralla, con el castillo en el centro.*

Llegaron a la casucha. Jeanne abrió la puerta de par en par y las hizo entrar apresuradamente. Luego volvió a cerrar la puerta y se dejó caer contra ella.

—Creo que al final lo hemos conseguido. —Parecía sorprendida.

Maggie miraba a su alrededor. El diminuto cuarto estaba en

penumbra, pero podía ver el tosco mobiliario y los montones de lo que parecía la lavandería.

—¿Es esto? ¿Estamos seguras?

—No existe ningún lugar seguro —replicó Jeanne con aspereza—. Pero aquí conseguiremos ropas de esclava para ustedes y podremos descansar. Yo iré en busca de la sanadora —añadió al mismo tiempo que Maggie abría la boca. Mientras la muchacha estaba fuera, Maggie se volvió hacia Cady y P. J. Las dos tiritaban. Obligó a Cady a echarse e hizo que P. J. la ayudara a revisar uno de los montones de colada.

—Quítate la ropa mojada —indicó Maggie, y se desprendió a su vez de los tenis de deporte tipo bota y la chamarra empapada.

Luego se arrodilló para quitarle los zapatos a Cady. La joven ciega yacía inmóvil sobre un delgado jergón, y no respondió al contacto de las manos de Maggie; eso la preocupó.

A su espalda, la puerta se abrió y entró Jeanne con dos personas. Una era una mujer enjuta y bien parecida, con los oscuros cabellos sujetos descuidadamente atrás y un delantal sobre la túnica y los pantalones. La otra era una jovencita que parecía asustada.

—Ésta es Lavandera. —Por el modo en que Jeanne lo dijo, era a todas luces un nombre propio—. Es una sanadora, y la chica es su ayudante.

Maggie sintió una oleada de alivio.

—Ésta es Cady —dijo, y a continuación, puesto que nadie se movía y Cady no podía hablar por ella misma, siguió—: Procede del Exterior, y la envenenaron los traficantes de esclavos. No estoy segura de cuánto tiempo hace de eso... Al menos un par de días. Ha estado con una fiebre muy alta y la mayor parte del tiempo simplemente actúa como una sonámbula...

—¿Qué es esto?

La mujer enjuta dio un paso hacia Cady, pero su expresión

147

era cualquier cosa menos cordial. Luego le reclamó a Jeanne, llena de ira.

—¿Cómo has podido traer a esta... cosa... aquí?

Maggie se quedó petrificada junto a los pies de Cady.

—¿De qué está hablando? Está enferma...

—¡Es una de ellos! —Los ojos de la mujer miraban enfurecidos a Jeanne—. Y no me digas que no lo has advertido. ¡Resulta perfectamente obvio!

—¿Qué es perfectamente obvio? —Maggie tenía los puños apretados—. Jeanne, ¿de qué habla?

Los llameantes ojos de la mujer se volvieron hacia ella.

—Esta chica es una bruja.

Maggie se quedó petrificada.

Parte de ella estaba pasmada e incrédula. ¿Una bruja? ¿Como Sylvia? ¿Un miembro del Night World?

Cady no tenía pinta de serlo. No era malvada. Era normal, una muchacha agradable, corriente y dulce. No era posible que fuese nada sobrenatural...

Pero otra parte de Maggie ni siquiera estaba sobresaltada, y le decía que en lo más profundo de su ser lo había sabido desde el principio.

Su mente hacia aflorar imágenes. Cady en el árbol hueco, cuando Maggie y ella se ocultaban de Bern y de Gavin. Los labios de Cady moviéndose... y Gavin diciendo «no las capto en absoluto».

Y ese día el perro de caza había dicho lo mismo. «Ya no puedo seguir su energía vital.»

Era ella la que impedía que nos percibieran, pensó Maggie. *Y fue ella quien nos dijo que trepáramos al árbol. Está ciega, pero puede ver cosas.*

Es cierto.

Se volvió despacio para mirar a la muchacha que seguía tendida en el jergón.

Cady estaba casi totalmente inmóvil, con la respiración alzándole apenas el pecho. Tenía los cabellos enrollados alrededor de la cabeza igual que serpientes mojadas y su rostro estaba embadurnado de suciedad, con las pestañas puntiagudas sobre las mejillas. Pero de algún modo no había perdido nada de su belleza serena, que permanecía inmutable, le sucediera lo que le sucediera a su cuerpo.

No me importa, pensó Maggie. *Puede que sea una bruja, pero no es como Sylvia. Sé que no es malvada.*

Se volvió hacia Lavandera, y dijo con cuidado y premeditación.

—Mire, comprendo que no le gusten las brujas. Pero esta chica ha estado con nosotras durante dos días, y todo lo que ha hecho es ayudarnos. Hágame el favor, ¡mírela! —Maggie perdió el tono razonable—. ¡La traían aquí como esclava! No le estaban dando ningún tratamiento especial. ¡No está de su lado!

—Lo siento por ella —replicó Lavandera.

La voz era tajante y... muy directa. La voz de una mujer que veía las cosas en blanco y negro y a la que no le gustaban las discusiones.

Y que sabía cómo respaldar sus creencias. Una enorme mano enjuta se introdujo bajo el delantal, en el interior de un bolsillo oculto. Cuando volvió a salir, aferraba un cuchillo de cocina.

—Aguarda un minuto —dijo Jeanne.

Lavandera no la miró.

—Las amigas de las brujas no son mis amigas —dijo llanamente y con decisión—. Y eso te incluye a ti.

Con un solo movimiento, Jeanne giró sobre los talones para apartarse de ella y adoptó una postura defensiva.

—Tienes razón. Sabía lo que ella era. También la odié, al principio. Pero Maggie tiene razón. ¡No va a hacernos daño!

—No voy a perder la ocasión de matar a uno de ellos —repuso Lavandera—. Y si intentas detenerme, lo lamentarás.

El corazón de Maggie latía violentamente. Miró a un lado y a otro; de la mujer alta, que empuñaba el cuchillo amenazadoramente, a Jeanne, que estaba agazapada mostrando los dientes y con los ojos entornados. Parecían listas para pelear.

Maggie se encontraba en el centro de la habitación, en un triángulo formado por Cady, Jeanne y el cuchillo, y estaba demasiado enojada para sentir miedo.

—Haz el favor de bajarlo —dijo a Lavandera con ferocidad, olvidando que hablaba con un adulto—. No vas a conseguir nada con eso. ¿Cómo puedes intentarlo siquiera?

Vagamente, advirtió movimiento detrás de la mujer. La asustada jovencita que acompañaba a la sanadora, y que no había dicho nada hasta el momento, se adelantaba. Tenía la mirada fija en Maggie y la señalaba con el dedo. Tenía los ojos y la boca abiertos de par en par, pero la voz surgió en un susurro ahogado.

—¡La Libertadora!

Maggie apenas oyó las ahogadas palabras, porque seguía hablando a toda velocidad.

—Si ustedes no se mantienen unidos, ¿qué clase de posibilidad tienen? ¿Cómo pueden ser libres alguna vez...?

—¡Es ella!

Esta vez la muchacha lo gritó, y nadie pudo evitar oírlo. Aferró el brazo de Lavandera frenéticamente.

—Ya has oído lo que ha dicho, Lavandera. Ha venido a liberarnos.

—¿De qué estás hablando...? —Jeanne se interrumpió, mirando a Maggie con las cejas fruncidas; luego, de improviso, las cejas se enarcaron y se irguió levemente de su posición agazapada—. ¡Hum!

Maggie le devolvió la mirada. Luego siguió la dirección de los ojos de todas ellas y se miró a sí misma con perplejidad.

Por primera vez desde que había llegado al Reino Oscuro no llevaba puestos la chamarra y los tenis. Llevaba exactamente lo mismo que había llevado cuando los gritos de su madre la despertaron hacía tres días: la camiseta floreada de la pijama, jeans arrugados, y calcetines disparejos.

—Vendrá vestida con flores, calzada de azul y escarlata —decía en aquellos momentos la muchacha, que señalaba todavía a Maggie, pero ahora lo hacía con algo parecido a veneración—. Y hablará de libertad. ¡Ya la has oído, Lavandera! Es ella. ¡Es a la que se refiere!

El cuchillo tembló ligeramente. Maggie miró con fijeza los nudillos enrojecidos de la mano que lo empuñaba, luego alzó los ojos hacia el rostro de la mujer.

Las facciones cubiertas de manchas aparecían sombrías y escépticas... pero había un curioso destello de esperanza medio contenida en los ojos.

—¿Es ella a la que se refiere? —preguntó con aspereza a Jeanne—. ¿Tiene razón esta idiota de Remojadora? ¿Dijo que había venido a rescatarnos?

Jeanne abrió la boca, luego volvió a cerrarla. Miró a Maggie con impotencia.

Y, sin previo aviso, P. J. tomó la palabra.

—Nos dijo que tenía que liberar a los esclavos antes de que Hunter Redfern los hiciera matar a todos —explicó con su voz clara y fuerte de niña.

Estaba de pie muy tiesa, con el delgado cuerpo erguido en toda su estatura, y los cabellos rubios brillando pálidos por encima del menudo rostro serio. Sus palabras tenían el timbre inconfundible de la verdad.

Algo centelleó en los ojos de Jeanne. Hizo una mueca y luego se mordió el labio.

—Claro que sí. Y yo le dije que estaba loca.

—Y al principio, cuando Jeanne le mostró lo que les hacían

151

a los esclavos fugitivos aquí, Maggie dijo que eso tenía que acabar. —La voz de P. J. seguía siendo clara y llena de seguridad—. Dijo que no podía dejar que nadie le hiciera cosas así a la gente.

—Dijo que nosotros no podíamos dejarlos hacer cosas así —corrigió Jeanne—. Y volvía a estar loca. No hay modo de pararlos.

Lavandera se le quedó mirando durante un momento, luego dirigió la ardiente mirada a Maggie. Sus ojos eran tan feroces que Maggie temió que fuese a atacarla. Entonces, de improviso, la mujer volvió a introducir el cuchillo en el bolsillo.

—¡Blasfema! —dijo con severidad a Jeanne—. ¡No hables de ese modo de la Libertadora! ¿Es que quieres quitarnos nuestra única esperanza?

Jeanne enarcó una ceja.

—Eras tú la que estaba a punto de quitárnosla —indicó.

Lavandera la miró iracunda. Luego se volvió hacia Maggie y tuvo lugar un cambio en sus facciones enjutas. No fue gran cosa; siguieron mostrándose igual de severas y sombrías, pero había algo parecido a una sonrisa desolada en el rictus de la boca.

—Si eres la Libertadora —dijo—, la vas a tener muy difícil.

—Esperen un momento todas ustedes —dijo Maggie.

La cabeza le daba vueltas. Comprendía lo que sucedía... más o menos. Aquellas personas creían que era alguna figura legendaria que había acudido a salvarlas. Debido a una profecía; parecía que tenían una gran cantidad de profecías en aquel lugar.

Pero ella no podía ser realmente su Libertadora. Ella lo sabía. No era más que una chica corriente. ¿Y es que nadie más había llevado nunca una camiseta floreada en aquel lugar?

Bueno... quizá no. No una esclava al menos. Maggie volvió a mirar las ropas de Lavandera con nuevos ojos. Teniendo en cuenta que todos ellos llevaban esa clase de vestimenta, cosida a mano y tan simple como un saco de arpillera, tal vez una camiseta cosida a máquina con colores vivos y un encaje un poco descolorido sí parecería algo sacado de una leyenda.

Y apuesto a que nadie lleva calcetines rojos y azules, pensó y casi sonrió. *Al menos no a la vez.*

Recordó el modo en que Sylvia los había mirado. Normalmente se habría sentido terriblemente avergonzada por ello, la perfecta Sylvia contemplando sus imperfecciones. Pero aquellos calcetines habían sido los que le habían permitido iniciar todo aquel viaje al convencerla de que Sylvia mentía. Y justo ahora le habían salvado la vida. Si Lavandera hubiese atacado a Jeanne o a Cady, Maggie habría tenido que pelear con ella.

Pero continuó sin ser la Libertadora, se dijo. *A ver cómo les explico yo eso...*

—Y puesto que ella es la Libertadora, nos ayudarás, ¿no es cierto? —decía Jeanne—. ¿Vas a curar a Cady y nos darás de comer y nos ocultarás y todo eso? ¿Y ayudarás a Maggie a descubrir lo que le ha sucedido a su hermano?

Maggie parpadeó, luego hizo una mueca. Vio cómo Jeanne la miraba significativamente, así que cerró la boca.

—Te ayudaré en todo cuanto pueda —respondió Lavandera—. Pero será mejor que tú lleves a cabo tu parte. ¿Tienes un plan, Libertadora?

Maggie se frotó la frente. Las cosas sucedían muy de prisa; pero incluso si no era la Libertadora, sí que había ido a ayudar a los esclavos a ser libres. A lo mejor no importaba tanto cómo la llamasen.

Volvió a mirar a Cady, luego a Jeanne, y a P. J., que la miraba fijamente con luminosa confianza en los jóvenes ojos. Luego miró a la muchacha llamada Remojadora, que mostraba la misma expresión.

Finalmente miró el rostro enjuto y endurecido de Lavandera. No había complaciente confianza en ella, pero percibió aquella medio sofocada expresión de esperanza en lo más profundo de la ardiente mirada.

—No tengo un plan todavía —dijo—. Pero se me ocurrirá uno. Y no sé si realmente puedo ayudarlas. Pero lo intentaré.

14

Maggie despertó lentamente y aquello le pareció casi un lujo. No estaba temblando de frío. No estaba muerta ni desfallecida de hambre. Y tenía una razonable sensación de seguridad. Entonces se incorporó y la sensación de seguridad desapareció.

Se encontraba en la cabaña de Lavandera, una cabaña de ladrillos de adobe. Jeanne y P. J. estaban allí, pero a Cady la habían llevado a otra cabaña para ser atendida. Lavandera había permanecido toda la noche con ella, y Maggie no tenía ni idea de si la muchacha mejoraba o no. La asustada jovencita llamada Remojadora les llevó el desayuno, pero sólo pudo decir que Cady seguía dormida.

El desayuno era idéntico a la cena de la noche anterior: una especie de espesa harina de avena endulzada con arándanos. Maggie lo devoró con gratitud. Estaba bueno... al menos para alguien tan hambriento como ella.

—Tenemos suerte de tenerlo —dijo Jeanne, desperezándose.

P. J. y ella estaban sentadas frente a Maggie sobre el desnudo suelo de tierra, comiendo con los dedos. Todas llevaban puestas las burdas y rasposas túnicas y las holgadas calzas de los esclavos, y Maggie no dejaba de retorcerse espasmódicamente cada vez que la tela le picaba en algún punto al que no alcanzaba. Las ropas de Maggie, incluidos los preciosos calcetines, estaban escondidas en el fondo de la cabaña.

—No cultivan demasiados cereales o verduras —explicaba Jeanne—. Y desde luego a los esclavos no se les permite comer carne. Únicamente los vampiros y los cambiantes consiguen comer sangre o carne.

P. J. se estremeció y encorvó sus delgados hombros.

—Cuando lo dices de ese modo, hace que no sienta ganas de comerla.

Jeanne dedicó a la niña una sonrisa burlona llena de afilados dientes.

—Les da miedo que pudiera volver demasiado fuertes a los esclavos. Todo aquí está diseñado para eso. Quizá lo habrán advertido, no hay muchas cosas en los alojamientos de los esclavos que estén hechas de madera.

Maggie pestañeó. Sí que lo había notado vagamente, en su subconsciente. Las cabañas estaban construidas de ladrillos, con suelos de tierra apisonada. Y no había herramientas de madera como rastrillos o escobas por allí.

—Y entonces ¿qué es lo que queman? —preguntó, mirando el pequeño hogar de piedra construido directamente en el suelo de la cabaña; había un agujero en el techo para dejar salir el humo.

—Carbón vegetal, cortado en trocitos. Lo fabrican fuera en el bosque en hoyos para hacer carbón, y está regulado rigurosamente. Todo el mundo recibe sólo una cantidad concreta. Si encuentran a un esclavo con madera extra, lo ejecutan.

—Porque la madera mata a los vampiros —dijo Maggie.

Jeanne asintió.

—Y la plata mata a los cambiantes. A los esclavos también

se les prohíbe tener plata; aunque tampoco es que ninguno tenga muchas posibilidades de conseguirla.

P. J. miraba por el ventanuco de la cabaña. No tenía cristal, y la noche anterior lo habían rellenado con arpillera para protegerse del aire frío.

—Si los esclavos no pueden comer carne, ¿qué es eso? —preguntó.

Maggie se inclinó al frente para mirar. Fuera había dos terneros enormes atados a estacas de hierro. También había una docena de gallinas amarradas y un cerdo en un corral delimitado con cuerda.

—Ésos son para los miembros del Night World —dijo Jeanne—. Los cambiantes y las brujas comen comida normal... y lo mismo hacen los vampiros, cuando quieren. Parece que van a celebrar un banquete; no traen a los animales aquí hasta que hay que sacrificarlos.

P. J. tenía un semblante atribulado.

—Me dan lástima —dijo en voz muy baja.

—Sí, bueno, hay cosas peores que recibir un golpe en la cabeza —dijo Jeanne—. ¿Ves esas jaulas justo más allá del cerdo? Ahí es donde tienen a los animales exóticos: los tigres y las criaturas que traen para cazarlas. Ésa sí es una mala forma de morir.

Maggie sintió un helor en la espalda.

—Esperemos no tener que averiguarlo nunca... —empezó a decir, cuando un fugaz movimiento en el exterior atrajo su atención.

»¡Agáchense! —ordenó bruscamente, y se escabulló fuera de la línea de visión de la ventana.

Luego, con sumo cuidado, con el cuerpo en tensión, se alzó poco a poco otra vez hasta el abierto recuadro y atisbó fuera.

—¿Qué ha sido eso? —siseó Jeanne.

P. J. se limitó a encogerse sobre el suelo, respirando a toda velocidad.

157

—Sylvia —susurró Maggie.

Dos figuras habían aparecido, atravesando el patio trasero y conversando mientras lo hacían. Sylvia y Gavin. El vestido que llevaba Sylvia ese día era de un neblinoso verde hoja, y los cabellos le caían en relucientes ondas por encima de los hombros. Resultaba hermosa, elegante y frágil.

—¿Vienen aquí? —musitó Jeanne.

Maggie agitó una mano, muy pegada al suelo, en dirección a ella para que permaneciese callada. También ella lo temía. Si los miembros del Night World iniciaban una búsqueda sistemática en las cabañas, estaban perdidas.

Pero en su lugar, Sylvia giró en dirección a las jaulas que contenían los animales exóticos. Parecía contemplar a los animales, volviendo la cabeza de vez en cuando para hacerle algún comentario a Gavin.

—Vaya, ¿qué es lo que debe de andar tramando? —murmuró una voz junto a la oreja de Maggie.

Jeanne se había deslizado sigilosamente hasta quedar junto a ella.

—No lo sé. Nada bueno —susurró Maggie.

—Deben de estar planeando una cacería —dijo Jeanne en tono sombrío—. Eso es malo. Oí que iban a celebrar una gran cacería cuando Delos llegara a un acuerdo con Hunter Redfern.

Maggie inhaló con fuerza. ¿Habían ido ya tan lejos las cosas? Eso significaba que no le quedaba mucho tiempo.

En el exterior, pudo ver cómo Sylvia sacudía la cabeza, luego siguió adelante hacia los corrales y estacados que retenían a los animales domésticos.

—Atrás —musitó Maggie, agachándose.

Pero Sylvia no llegó a mirar en dirección a la cabaña y se limitó a efectuar algún comentario mientras miraba a los terneros y sonreía. Luego Gavin y ella giraron y regresaron tranquilamente a través del huerto.

Maggie vigiló hasta que se perdieron de vista, mordisqueándose el labio. Luego miró a Jeanne.

—Creo que será mejor que vayamos a ver a Lavandera.

La cabaña a la que Jeanne la condujo era un poco mayor que las otras y tenía lo que, a aquellas alturas, Maggie ya sabía que era un lujo sorprendente: dos habitaciones. Cady estaba en la habitación diminuta, apenas más grande que un nicho en la parte trasera.

Y tenía mejor aspecto. Maggie lo advirtió al instante. El semblante sudoroso y febril había desaparecido y también las sombras de un negro azulado de debajo de los ojos. La respiración era profunda y regular y las pestañas descansaban pesadamente e inmóviles sobre las tersas mejillas.

—¿Se pondrá bien? —le preguntó con ansiedad Maggie a Lavandera.

La enjuta mujer estaba pasando un paño húmedo por las mejillas de Cady, y a Maggie le sorprendió lo delicadas que podían ser aquellas manos de nudillos enrojecidos.

—Vivirá tanto tiempo como cualquiera de nosotros —respondió Lavandera en tono sombrío, y Jeanne profirió un bufido irónico.

Incluso Maggie sintió cómo le asomaba una sonrisa. Empezaba a gustarle aquella mujer. De hecho, si Jeanne y Lavandera eran ejemplos, los esclavos que había allí poseían un coraje y un humor negro que no podía evitar admirar.

—Yo tuve una hija —dijo Lavandera—. Era más o menos de la edad de esta chica, pero tenía el tono de piel de ésa. —Indicó levemente con la cabeza a P. J., que aferró con fuerza la gorra de beisbol escondida dentro de su túnica y sonrió.

Maggie vaciló, y luego preguntó:

—¿Qué le sucedió?

—Uno de los nobles la vio y le gustó —respondió ella.

La mujer escurrió la tela y la dejó en el suelo, luego se alzó con energía. Al ver que Maggie la seguía mirando, añadió, como si hablase del tiempo:

—Era un cambiante, un lobo llamado Autolykos. La mordió y le transmitió su maldición, pero luego se cansó de ella. Una noche la hizo huir corriendo y le dio caza.

Maggie sintió que se le doblaban las rodillas. No se le ocurrió nada que decir que no fuese a resultar de una estupidez colosal, así que no dijo nada.

P. J. sí lo hizo.

—Lo siento —dijo con un vocecilla ronca, y posó la pequeña mano en la mano áspera de la mujer.

Lavandera le acarició la parte superior de la enmarañada cabeza rubia como si tocase a un ángel.

—Este, ¿puedo hablar con ella? ¿Con Cady? —preguntó Maggie, pestañeando rápidamente y aclarándose la garganta.

Lavandera la miró con severidad.

—No. No podrás despertarla. Tuve que darle una medicina potente para combatir lo que ellos le habían dado. Ya sabes cómo funciona la poción.

Maggie negó con la cabeza.

—¿Qué poción?

—Le dieron cálamo y centaura... y otras cosas. Es una poción de la verdad.

—¿Quieres decir que querían obtener información de ella?

Lavandera únicamente se dignó a ofrecer un escueto asentimiento con la cabeza como respuesta.

—Me pregunto por qué. —Maggie miró a Jeanne, quien se encogió de hombros.

—Es una bruja del Exterior. Quizá ellos pensaban que sabía algo.

Maggie reflexionó durante otro minuto, luego se dio por vencida. Tendría que preguntárselo a Cady cuando volviera a estar despierta.

160

—Había otro motivo por el que quería verte —dijo a Lavandera, que limpiaba ahora la habitación con energía—. En realidad, un par de motivos. Quería preguntarte sobre esto.

Introdujo la mano en la túnica de esclava y extrajo la foto de Miles que había sacado de su chamarra la noche anterior.

—¿Lo has visto?

Lavandera cogió la fotografía entre un pulgar y un índice encallecidos y la contempló con prevención.

—Una pintura maravillosamente pequeña —dijo.

—Recibe el nombre de fotografía. No está pintada exactamente. —Maggie observaba con atención el rostro de la mujer, temerosa de crearse esperanzas.

No hubo ninguna señal de reconocimiento.

—Está emparentado contigo —dijo Lavandera, comparando la foto con Maggie.

—Es mi hermano. Del Exterior, ¿sabes? Y su novia era Sylvia Weald. Desapareció la semana pasada.

—¡La bruja Sylvia! —dijo un voz cascada y temblorosa.

Maggie alzó los ojos a toda velocidad. Había una anciana en la entrada, una criatura diminuta y arrugada de ralos cabellos blancos y un rostro exactamente igual al de las muñecas hechas con manzanas secas que Maggie había visto en las ferias.

—Ésta es Vieja Zurcidora —indicó Jeanne—. Cose ropas rotas, ¿sabes? Y es la otra sanadora.

—De modo que ésta es la Libertadora —dijo la voz cascada, y la mujer se acercó arrastrando los pies, escudriñando a Maggie—. Parece una chica corriente, hasta que ves sus ojos.

Maggie pestañeó.

—Ah... gracias —dijo.

Secretamente, la muchacha pensó que la propia Vieja Zurcidora se parecía más a una bruja que nadie que hubiese visto en su vida. Pero había una inteligencia vivaracha en la mirada de pajarito de la anciana, y su menuda sonrisa era dulce.

—La bruja Sylvia vino al castillo hace una semana —contó la anciana a Maggie, manteniendo la cabeza ladeada—. No tenía a ningún muchacho con ella, pero hablaba sobre uno. Mi sobrino nieto Curtidor la oyó. Contaba al príncipe Delos cómo había elegido a un humano para que fuese su juguete, y que había intentado llevarlo al castillo para el Samhain. Pero el chico había hecho algo; se había rebelado contra ella de algún modo. Y por lo tanto había tenido que castigarlo, y eso la había retrasado.

Maggie oyó cómo el corazón le latía con fuerza en los oídos.

—Castigarlo —empezó a decir, y luego preguntó—: ¿Qué es el Samhain?

—Halloween —respondió Jeanne—. Las brujas de aquí acostumbran a llevar a cabo un gran festejo a medianoche.

Halloween. Muy bien. El cerebro de Maggie funcionaba a toda velocidad, procesando la nueva información. Así que ahora sabía con seguridad que Sylvia sí había ido de excursión en Halloween con Miles, tal y como había contado a los sheriffs y guardabosques. O tal vez habían ido en coche, si la historia de Jeanne sobre un paso misterioso que únicamente los miembros del Night World podían ver era cierta. Pero en cualquier caso se habían dirigido allí, al Reino Oscuro. Y algo los había retrasado. Miles había hecho algo que había enfurecido terriblemente a Sylvia y había provocado que cambiara de opinión sobre llevarlo al castillo.

Y que la había obligado a... castigarlo. De algún modo que no se suponía que Maggie pudiera ser capaz de adivinar.

A lo mejor se había limitado a matarlo después de todo, se dijo Maggie, con una horrible sensación en el estómago. Podría haberlo empujado por un precipicio con facilidad. Fuera lo que fuese lo que ella le había hecho, él jamás consiguió llegar al castillo... O eso creía.

—¿Así que no hay ningún chico humano en las mazmorras

162

ni nada parecido? —preguntó, mirando a Lavandera y luego a Zurcidora, aunque sabía la respuesta antes de que ellas negaran con la cabeza.

Nadie lo reconoce. No puede estar aquí.

Sintió cómo se le hundían los hombros. Pero aunque estaba desanimada y desconsolada, no se daba por vencida. Lo que sentía en su lugar era una intensa y pequeña quemazón como si tuviera un carbón encendido en el pecho, y deseaba más que nunca agarrar a Sylvia y zarandearla hasta sacarle la verdad.

Como mínimo, por lo menos, voy a averiguar cómo murió. Porque eso es importante.

Era curioso cómo ya no le parecía imposible que Miles sí estuviera muerto. Maggie había aprendido muchas cosas desde que había llegado a aquel valle. Las personas resultaban heridas y morían y les sucedían otras muchas cosas espantosas, y eso era así. Los que quedaban con vida tenían que hallar algún modo de seguir adelante.

Pero no de olvidar.

—Dijiste que tenías dos motivos para venir a verme —insinuó Lavandera, que estaba de pie con las enormes manos en las caderas, con el cuerpo enjuto erguido y con un semblante un tanto impaciente.

»¿Se te ha ocurrido un plan, Libertadora?

—Bueno... algo parecido. No es exactamente un plan como... bueno, imagino que sí, que es un plan.

Maggie tardó un instante en encontrar el modo de explicarse. Lo cierto era que se le había ocurrido el más básico de los planes.

Ir a ver a Delos.

Eso era todo. La solución más simple y directa. Iría a verlo cuando estuviera solo y hablaría con él. Usaría la extraña conexión que existía entre ellos si tenía que hacerlo. Conseguiría que en aquella cabeza tan dura entrara un poco en razón.

Y se jugaría la vida para respaldar sus palabras.

Jeanne pensaba que iban a matar a los esclavos una vez que Hunter Redfern y Delos cerraran su trato. Maggie era una esclava ahora, así que si mataban a los otros esclavos, Maggie estaría con ellos.

Y tú estás dando por seguro que a él le importará, susurró una vocecita maliciosa en su cerebro. *Pero no lo sabes realmente. Él no hace más que amenazar con matarte. Te advirtió específicamente que no vinieras al castillo.*

Bueno, en todo caso, vamos a averiguarlo, respondió Maggie a la vocecita. *Y si no puedo convencerlo, tendré que hacer algo más violento.*

—Es necesario que entre en el castillo —dijo a Lavandera—. No tan sólo en las cocinas, ya sabes, sino en las otras estancias..., donde sea que pudiese hallar al príncipe Delos a solas.

—¿A solas? No lo encontrarás a solas en ninguna parte salvo en su dormitorio.

—Bien, pues tengo que ir ahí.

Lavandera la miraba con detenimiento.

—¿Es un asesinato lo que tienes en mente? Porque conozco a alguien que tiene un trozo de madera.

—Es... —Maggie se interrumpió y tomó aire—. Realmente espero que no se vaya a llegar a eso. Pero quizá sería mejor que tomara la madera, por si acaso.

Y será mejor que esperes un milagro, dijo la vocecita maliciosa de su cabeza. *Porque ¿de qué otro modo vas a poder con él?*

Jeanne se frotaba la frente, y cuando habló, Maggie supo que había estado pensando algo por el estilo.

—Oye, idiota, ¿estás segura de que esto es una buena idea? Quiero decir, que él es...

—Un miembro del Night World —aportó Maggie.

—Y tú eres...

—Sólo una humana corriente.

—Es la Libertadora —dijo P. J. categórica, y Maggie hizo una pausa para sonreírle.

Luego se volvió de nuevo hacia Jeanne.

—No sé si es una buena idea, pero no se me ocurre otra mejor. Y sé que es peligroso, pero tengo que hacerlo. —Miró con expresión incómoda a Lavandera y a Vieja Zurcidora—. La verdad es que no se trata simplemente de las personas que están aquí. Si lo que Jeanne me contó sobre Hunter Redfern es cierto, entonces todo el mundo de los humanos tiene problemas.

—¡Oh, las profecías! —Vieja Zurcidora rió socarronamente.

—¿Las conocen, también?

—Nosotros los esclavos lo oímos todo. —Vieja Zurcidora sonrió y asintió—. En especial cuando concierne a nuestro propio príncipe. Recuerdo cuando era pequeño...; yo era la costurera de la reina entonces, antes de que muriera. Su madre conocía las profecías, y dijo:

«En fuego azul, queda desterrada la postrera oscuridad.
En sangre, se paga el precio final».

Sangre, pensó Maggie. Sabía que era necesario que corriera sangre antes de que Delos pudiese utilizar el fuego azul, pero aquello sonaba como si hablaran de algo más siniestro. ¿La sangre de quién?, se preguntó.

—Y la oscuridad final es el fin del mundo, ¿no es cierto? —dijo—. Así que ya ven lo importante que es para mí hacer cambiar de idea a Delos. No tan sólo por los esclavos, sino por todos los humanos.

Miró a Jeanne mientras hablaba. Lavandera y Vieja Zurcidora no sabían nada sobre el mundo que había fuera, pero Jeanne sí.

Jeanne efectuó una especie de renuente asentimiento, para indicar que, claro, posponer el fin del mundo era importante.

—De acuerdo, así pues tenemos que intentarlo. Será mejor que averigüemos a qué esclavos se les permite entrar en su habitación, y luego podemos subir y ocultarnos. Las alcobas grandes tienen armarios, ¿verdad? —Miraba a Vieja Zurcidora, quien asintió—. Podemos quedarnos en uno de esos...

—Ésa es una buena idea —interrumpió Maggie—. Todo excepto el plural. No puedes venir conmigo esta vez. Esto es algo que tengo que hacer sola.

Jeanne retorció los hombros con indignación. El pelo rojo pareció erizarse en señal de protesta y sus ojos centelleaban.

—Eso es ridículo. Puedo ayudar. No hay motivo...

—Hay, también, un motivo —la interrumpió Maggie—. Es demasiado peligroso. Quienquiera que vaya allí podría acabar muerto hoy. Si te quedas aquí, puede que tengas al menos unos cuantos días más. —Cuando Jeanne abrió la boca para protestar, ella prosiguió—: Días para intentar idear un nuevo plan, ¿de acuerdo? Que probablemente será igual de peligroso. Y, además, me gustaría que alguien cuidase de P. J. y de Cady tanto tiempo como fuera posible. —Dedicó una sonrisa a P. J., y ésta alzó la cabeza con decisión, evidentemente intentando impedir que la barbilla le temblase—. De verdad que necesito hacerlo sola —indicó Maggie con delicadeza, volviéndose de nuevo hacia Jeanne.

En alguna parte de su propia mente, ella misma se mantenía a cierta distancia, atónita. ¿Quién habría pensado, cuando conoció por primera vez a Jeanne en la carreta, que acabaría teniendo que disuadirla de intentar que la mataran junto con ella?

Jeanne soltó aire por entre unos labios fruncidos, con ojos entrecerrados. Finalmente asintió.

—Ok, de acuerdo. Ve tú a vencer al vampiro y yo me quedaré y organizaré la revolución.

—Apuesto a que lo harás —repuso Maggie lacónicamente.

Por un momento los ojos de ambas se encontraron, y fue como aquella primera vez, en que un vínculo tácito se había formado entre ellas.

—Intenta cuidarte. No eres precisamente la persona más lista del mundo, ya lo sabes —dijo Jeanne, y su voz sonó un poco ronca y sus ojos parecieron curiosamente brillantes.

—Lo sé —respondió Maggie.

Al cabo de un momento Jeanne sorbió por la nariz y se animó.

—Se me acaba de ocurrir a quién se permite entrar en los dormitorios por la mañana —dijo—. Puedes ayudarla, y te conducirá a la habitación de Delos.

Maggie la contempló con suspicacia.

—¿Por qué te alegra tanto eso? ¿Quién es?

—Oh, te encantará ella. Recibe el nombre de Vaciadora de Orinales.

15

Maggie caminaba arrastrando los pies detrás de Vaciadora de Orinales, de camino al castillo. Transportaba montones de sábanas de hilo dobladas que le había entregado Lavandera, y hacía todo lo posible por parecer una esclava. La mujer le había embadurnado artísticamente el rostro con suciedad para que pasara desapercibida. También le había espolvoreado el pelo con un puñado de polvo para apagar el tono castaño rojizo y convertirlo en un castaño sin vida; de ese modo, cuando Maggie inclinaba la cabeza sobre las sábanas, el pelo le ocultaba aún más las facciones. El único problema era que la muchacha temía constantemente empezar a estornudar.

—Eso se debe a los animales salvajes —susurró Vaciadora de Orinales por encima del hombro.

Era una muchacha de constitución grande con ojos dulces que le recordaban a Maggie los terneros atados junto a la cabaña de Lavandera. Lavandera había necesitado un buen rato para hacerle comprender lo que querían de ella, pero ahora parecía sentirse obligada a ofrecer a Maggie una visita turística.

—Los traen del Exterior —dijo—. Y son peligrosos.

Maggie miró de soslayo las jaulas de mimbre de la zona por

la que habían paseado Sylvia y Gavin unas horas antes. En una de ellas había un lobo de pelaje gris amarronado que le sostuvo la mirada con unos ojos aterradoramente tristes y fijos. En otra daba vueltas una pantera negra de líneas elegantes que les gruñó cuando pasaron. Había algo enroscado sobre sí mismo en el fondo de una tercera jaula que tal vez fuera un tigre... Era grande, y tenía listas.

—Uf —dijo ella—. No me gustaría perseguir eso.

Vaciadora de Orinales pareció complacida.

—Y aquí está el castillo. Se llama Amanecer Negro.

—¿Se llama así? —inquirió Maggie, a la vez que apartaba la atención de los animales.

—Así es como lo llamaba mi abuelo, al menos. Vivió y murió en el patio sin entrar jamás. —Vaciadora de Orinales meditó un momento y añadió—: Los ancianos dicen que antes uno podía ver el sol en el cielo... no tan sólo detrás de las nubes, ya sabes. Y que cuando el sol salía por la mañana alumbraba el castillo. Pero a lo mejor es simplemente un cuento.

Sí, a lo mejor es simplemente un cuento eso de que podías ver el sol en el cielo, pensó Maggie, sombría. Cada vez que pensaba que aquel lugar ya no podía sorprenderla, descubría que estaba equivocada.

El castillo en sí era imponente... impresionante. Era la única cosa a la vista que no tenía un tono marrón desvaído o un gris pálido. Los muros eran relucientes y negros, casi como espejos en algunas partes, y Maggie no necesitó que le dijesen que no estaba construido con ninguna piedra corriente. Cómo la habían llevado hasta aquel valle, sería siempre un misterio.

Delos vive aquí, pensó mientras Vaciadora la hacía subir por una escalera de piedra, después de atravesar la planta baja, que no contenía más que bodegas y despensas. *En este lugar hermoso, aterrador e impresionante. Y no tan sólo vive en él, sino que gobierna en él. Es todo suyo.*

Vislumbró brevemente la enorme sala donde había visto a esclavos preparando una larga mesa el día anterior. Vaciadora de Orinales la hizo subir otro piso más y la llevó por una serie de pasillos sinuosos que parecían tener kilómetros de longitud.

Había poca luz en aquel laberinto interno. Las ventanas eran altas y estrechas y apenas dejaban pasar la pálida luz diurna. En las paredes había velas apoyadas en soportes y antorchas en aros de hierro, pero sólo parecían añadir sombras oscilantes y confusas a la luz crepuscular.

—Su dormitorio está aquí arriba —murmuró la muchacha por fin.

Maggie la seguía a poca distancia. Pensaba ya que habían conseguido recorrer todo el camino sin que nadie les diera el alto, cuando sonó una voz procedente de un pasillo lateral.

—¿Adónde van? ¿Quién es ésta?

Era un guardia, descubrió Maggie, atisbando por debajo de los cabellos. Un auténtico guardia medieval, con, ¡mira por dónde!, una lanza. Había otro en el pasillo opuesto idéntico a él. Se sintió fascinada a pesar de su terror.

Pero la no demasiado espabilada Vaciadora de Orinales reaccionó a las mil maravillas. Dedicó un instante a efectuar una reverencia y luego dijo despacio e impasible:

—Es Dobladora, de la lavandería, señor. Lavandera la envió con las sábanas y se me dijo que podría ayudarme. Hay más trabajo debido a los invitados, ya saben.

—Es tarea de Camarera el colocar las sábanas —repuso el guardia con irritación.

Vaciadora de Orinales efectuó una nueva reverencia y dijo con la misma lentitud:

—Sí, señor, pero hay más trabajo debido a los invitados, verán...

—Muy bien, muy bien —interrumpió el guardia con impaciencia—. ¿Por qué no van y lo hacen, en lugar de hablar sobre ello? —Pareció pensar que aquello era divertido, y se volvió y dio un codazo al otro guardia en las costillas.

Vaciadora de Orinales efectuó una tercera reverencia y siguió andando, sin apresurarse. Maggie intentó imitar la reverencia, con el rostro enterrado en las sábanas.

Siguió otro pasillo interminable, luego una entrada, y entonces Vaciadora dijo:

—Ya estamos. Y no hay nadie por aquí.

Maggie alzó el rostro de las sábanas.

—Eres absolutamente maravillosa, ¿lo sabes? Mereces un Oscar.

—¿Un qué?

—No importa. Pero has estado fantástica.

—Solamente he dicho la verdad —repuso la muchacha plácidamente, pero había una sonrisa acechando en las profundidades de sus tiernos ojos de ternerita—. Hay más trabajo cuando vienen invitados. Aquí nunca los habían tenido hasta hace tres años.

Maggie movió la cabeza.

—Lo sé. Oye, supongo que lo mejor será que te vayas ahora. Y hummm... ¿Vaciadora? —No tuvo valor para decir el nombre completo—. Realmente espero que no te metas en problemas debido a esto.

Vaciadora de Orinales movió la cabeza a su vez, luego se apartó para alargar la mano bajo la cama y retirar un recipiente de cerámica. Volvió a salir sosteniéndolo con cuidado.

Maggie paseó la mirada por la habitación, que era muy grande y tenía muy pocos muebles. Estaba algo mejor iluminada que los pasillos, ya que había varios quinqués abombados colocados sobre pedestales. La cama era el único mueble auténtico que contenía. Era enorme, con un grueso bastidor de madera y pilares esculpidos. Amontonados sobre ella había edredones y lo que parecían cobertores de piel, y colgando a todo su alrededor había cortinas de lino.

Probablemente tendría que quitar toda esa ropa y colocar las sábanas limpias, pensó Maggie. Pero no lo hizo.

El resto del mobiliario parecían componerlo arcones enormes elaborados con maderas de aspecto exótico, y unos cuantos bancos y taburetes. Nada que proporcionase un buen escondite. Sin embargo, en un lado había una entrada tapada por una cortina.

Maggie la cruzó y se encontró en una pequeña antesala: el ropero que Jeanne había mencionado. Era mucho más grande de lo que esperaba, y parecía más un lugar de almacenaje que un armario para ropa.

De acuerdo. Pues me sentaré aquí.

Había dos taburetes junto a una figura que parecía vagamente un maniquí de modista. Dejó caer las sábanas sobre un arcón y acercó uno de los taburetes a la entrada. A través del espacio entre las cortinas de lino podía ver casi todo el dormitorio.

Perfecto, se dijo. *Todo lo que tengo que hacer es esperar hasta que entre solo. Y entonces...*

Se quedó rígida. Podía oír voces procedentes de más allá del enorme dormitorio. No, lo que podía oír era una voz, una musical voz de jovencita.

¡Oh, por favor!, pensó. *Ella no. No permitas que entre con ella. Me veré obligada a saltar afuera y golpearla con algo; no podré contenerme...*

Pero cuando las dos figuras entraron en la habitación, no sintió el menor deseo de saltar fuera de su escondite.

Era Sylvia, claro que sí, pero no estaba con Delos. Estaba con Hunter Redfern.

Maggie sintió un helor en la espalda. ¿Qué hacían aquellos dos en el dormitorio de Delos? Fuese lo que fuese, si la pescaban, era mujer muerta. Se mantuvo totalmente inmóvil, pero no pudo apartarse de la cortina.

—Está fuera montando a caballo, y no regresará hasta dentro de una media hora —decía Sylvia, que llevaba puesto un vestido de oscuro color verde oscuro y sujetaba un cesto—. Y he hecho que se marchasen todos los sirvientes.

—Aun así... —dijo Hunter Redfern, y movió con suavidad la pesada puerta de madera hasta cerrarla casi por completo; no del todo, pero lo suficiente para ocultar el dormitorio a cualquiera que estuviese fuera.

—¿Realmente crees que espía nuestras habitaciones? —Sylvia se volvió en medio de un remolino de faldas para mirar a su alto acompañante.

—Es inteligente... mucho más listo de lo que tú crees. Y estos viejos castillos tienen mirillas y conductos para escuchar encastrados; lo recuerdo. Es un príncipe estúpido aquel que no los utiliza.

Lo recuerda, pensó Maggie, por un momento demasiado maravillada para sentir miedo. *Recuerda los días en que se construían castillos, quiere decir. Realmente lleva vivo tanto tiempo.*

Estudió el apuesto rostro bajo el pelo rojo como la sangre, los pómulos aristocráticos, la expresiva boca... y los veloces y centelleantes ojos. Era la clase de hombre capaz de fascinar a la gente, decidió. Al igual que en Delos, existía una especie de tensión contenida en él, una reserva de poder e inteligencia que hacía que una persona corriente se sintiera sobrecogida. Era un líder, un jefe.

Y un cazador, se dijo. *Todas estas personas son cazadores, pero él es el Cazador con mayúscula, la personificación de lo que son. Su mismo nombre lo dice todo, porque significa «cazador».*

Pero Sylvia volvía a hablar ya.

—¿Qué es lo que se supone que él no debe saber?

—He recibido un mensaje del Exterior. No me preguntes cómo, tengo mis medios.

—Tienes tus pequeños murciélagos —repuso Sylvia con hipocresía.

Hubo una pausa, luego Hunter dijo:

—Será mejor que tengas cuidado, muchacha. Esa boca tuya va a meterte en líos.

Sylvia tenía la cara vuelta, de modo que él no la veía, pero Maggie la vio tragar saliva.

—Lo siento. No sabía que era un secreto. Pero ¿qué ha sucedido?

—La noticia más importante de toda tu corta vida. —Hunter Redfern lanzó una solitaria carcajada y añadió con el buen humor aparentemente recuperado—: Y tal vez de la mía. Las brujas se han escindido del Night World.

Maggie parpadeó. Sonó impresionante del modo en que él lo dijo; pero más impresionante fue el modo en que Sylvia se quedó paralizada y luego giró en redondo, estupefacta.

—¿Qué?

—Ha sucedido. Han estado amenazando con hacerlo durante un mes, pero la mayoría de la gente no creía que realmente lo fuesen a hacer.

Sylvia posó una mano sobre su cintura, apretándola plana contra el estómago como para mantener algo dentro. Luego tomó asiento en la cama cubierta de pieles.

—Han abandonado el Consejo —dijo, sin mirar a Hunter Redfern.

—Han abandonado el Consejo y todo lo demás.

—¿Todas ellas?

Las finas cejas rojas de Hunter Redfern se alzaron.

—¿Qué esperabas? Bueno, algunas de las practicantes de las artes más siniestras del Círculo de la Medianoche están en desacuerdo, pero la mayoría de ellas coincide con las liberales del Círculo del Crepúsculo. Quieren salvar a los humanos. Evitar la oscuridad que se avecina.

Lo dijo del modo en que Maggie había oído decir a leñadores: «Salvar a los búhos moteados. ¡Ja!».

—De manera que realmente está empezando —murmuró Sylvia, que seguía mirando el suelo de piedra—. Quiero decir, que no hay vuelta atrás, ahora, ¿verdad? El Night World está dividido para siempre.

—Y el milenio se nos viene encima —repuso Hunter, casi con regocijo.

Parecía joven y... afable, se dijo Maggie. Alguien por quien una votaría.

—Lo que me lleva a la cuestión —siguió él con suavidad, mirando a Sylvia— de cuándo vas a encontrar a la chica.

¿Qué chica? A Maggie se le hizo un nudo en el estómago.

El rostro de Sylvia estaba igual de tenso. Alzó los ojos y dijo llanamente:

—Te dije que la encontraría y lo haré.

—Pero ¿cuándo lo harás? ¿Comprendes lo importante que es esto?

—¡Desde luego que lo comprendo! —estalló Sylvia, y respiraba agitadamente—. Es por eso que intentaba enviártela en un principio...

Hunter hablaba como si no la oyera.

—Si llega a saberse que Aradia, la Doncella de todas las brujas, está aquí en el valle...

—¡Lo sé!

—Y que la tenías y dejaste que se te escapara de entre los dedos...

—Intentaba llevártela. Pensaba que eso era importante —dijo Sylvia.

La joven estaba enfurecida y angustiada; que era justo como Hunter quería que estuviese, pensó Maggie rápidamente. *Realmente sabe cómo manejar a las personas.*

Pero tal análisis estaba en un lugar remoto, en la zona más

superficial de su mente, pues la mayor parte de su conciencia simplemente había quedado paralizada por el asombro.

Aradia.

La Doncella de todas las brujas.

De modo que su nombre no era Arcadia —pensó Maggie—. *Podría haberlo mencionado; llevo llamándola Cady desde hace días. Claro que en el fondo tampoco ha estado consciente mucho tiempo, y cuando lo estaba teníamos cosas más apremiantes de las que hablar.*

Aradia. Aradia. Un nombre realmente bonito.

El nombre había puesto en marcha una curiosa resonancia en su cabeza, tal vez sacando a colación alguna lección de mitología largo tiempo olvidada. *Aradia era una diosa* —pensó—. *De... este, claros silvanos o algo así. Los bosques. Como Diana.*

Y respecto a lo que significaba que fuera Doncella de todas las brujas, no tenía ni idea, pero evidentemente era algo importante. Y no malvado, tampoco. Por lo que Hunter decía, estaba claro que las brujas no eran como otros miembros del Night World.

Ella era la doncella de la que hablaban Bern y Gavin, comprendió Maggie. La que se suponía que tenían que entregar. Así que Sylvia se la llevaba a Hunter Redfern. *Pero la misma Cady me contó... quiero decir que Aradia me contó... que ella ya venía de camino a este valle por un motivo.*

Incluso antes de poder formular la pregunta debidamente, su mente ya tenía la respuesta.

Delos.

En una coincidencia que le erizó a Maggie el vello de los brazos, Sylvia dijo:

—No llegará hasta Delos.

—Será mejor que no lo haga —repuso Hunter—. Quizá no eres lo suficientemente consciente de lo persuasiva que puede llegar a ser. Una embajadora enviada por todas las brujas, que viene a defender su causa... sencillamente podría influenciarlo.

Él tiene ese infame punto débil; una conciencia, podrías llamarle. Y sabemos que ha estado en contacto con la humana que escapó con ella. ¿Quién sabe qué mensajes le traía ese pedazo de chusma de parte de ella?

Ningún mensaje, pensó Maggie, sombría. *No a través de esta chusma al menos. Pero los habría llevado de haberlo sabido.*

—Gavin dijo que Aradia seguía inconsciente por los efectos de la poción de la verdad... Que estaba prácticamente muerta —dijo Sylvia—. No creo que haya podido entregar ningún mensaje. Juraría que Delos ni siquiera sabía que ella está en el valle.

Hunter seguía rumiando.

—Las brujas tienen ya a un Poder Salvaje de su parte.

—Pero no conseguirán otro —indicó Sylvia con obstinación—. Tengo a gente buscándola. Todos los nobles están de nuestro lado. No permitirán que llegue hasta Delos.

—Deberíamos haberla matado desde el principio —reflexionó Hunter—. Claro que a lo mejor sientes una cierta debilidad por ella... como la sientes por ese chico humano.

Tras las cortinas de lino, Maggie se puso en tensión.

Como la sientes. No como la sentías. Y ¿qué otra persona podía ser el chico humano?

Apretó los dientes, aguzando tanto los oídos que podía oír la sangre zumbándole en las orejas, mientras deseaba con todas sus fuerzas que continuaran refiriéndose a Miles.

Pero Hunter seguía hablando con su voz suave.

—O a lo mejor todavía mantienes alguna lealtad para con las brujas.

El pálido rostro de Sylvia enrojeció.

—¡Eso no es cierto! ¡He roto con ellas, y tú lo sabes! Puede que haga hechizos, pero ya no soy una bruja.

—Me alegro de que no hayas olvidado lo que te han hecho —replicó Hunter—. Al fin y al cabo, podrías haber sido una

Mujer del Hogar, ocupando el lugar que te correspondía en el Consejo de las brujas.

—Sí...

—Como tu abuela y su madre antes de ella. Ellas eran Harman, y lo mismo era tu padre. Es una lástima que el nombre no se transmita a través del linaje paterno. Acabaste siendo simplemente una Weald.

—Yo era una Harman —dijo Sylvia con apagada ferocidad; volvía a tener la vista fija en el suelo, y parecía hablar consigo misma más que con Hunter—. Lo era. Pero tuve que quedarme allí quieta y contemplar cómo aceptaban a mis primas en lugar de a mí. Tuve que contemplar cómo aceptaban a esas medio humanas... cómo se les daba la bienvenida. Ellas ocuparon mi lugar... sólo porque descendían de la línea materna.

Hunter movió la cabeza.

—Una tradición deplorable.

La respiración de Sylvia surgió entrecortada durante otro minuto más o menos, luego la joven alzó los ojos despacio hacia el hombre alto que estaba en el centro de la habitación.

—No tienes que preocuparte por mi lealtad —dijo en voz baja—. Quiero un puesto en el nuevo orden después del milenio. No quiero saber nada de las brujas.

Hunter sonrió.

—Lo sé —dijo, en tono ligero y aprobador, y luego empezó a deambular por la habitación.

Ha conseguido lo que quería de ella, pensó Maggie.

Casi como sin venir a cuento, el hombre añadió:

—Sólo asegúrate de que el poder de Delos está bajo control hasta que todo quede decidido.

Sylvia se inclinó y alzó el cesto, del que Maggie se había olvidado.

—Los nuevos hechizos de contención resistirán —dijo—. He traído ingredientes especiales procedentes de una de las

179

brujas de la Medianoche más ancianas. Y él no sospechará nada.

—¿Y nadie excepto tú puede retirarlos?

—Nadie excepto yo —declaró ella con firmeza—. Ni siquiera la Vieja de todas las brujas. Ni tampoco la Doncella, si se diera el caso.

—Buena chica —repuso Hunter, y volvió a sonreír—. Tengo una confianza absoluta en ti. Después de todo, tienes sangre lamia en ti para equilibrar la mácula de la de bruja. Eres mi propia bisnieta en octavo grado.

Maggie deseó darle un puñetazo.

Estaba confusa, asustada, indignada y furiosa, todo a la vez. Por lo que podía ver, Hunter Redfern parecía estar manipulando a todo el mundo. Y Delos, Delos el príncipe y Poder Salvaje, era simplemente otra de sus marionetas.

Me pregunto qué planean hacer si se resiste a unirse al nuevo orden, pensó sombríamente.

Al cabo de unos pocos minutos, Hunter detuvo su deambular y pasó ante la puerta. Se detuvo brevemente como escuchando, y luego dirigió una veloz mirada a Sylvia.

—No sabes lo feliz que me hace sólo el pensar en ello —dijo, en una voz que no era forzada, ni excesivamente jovial, ni demasiado alta, ni nada que sonase a falso—. El tener por fin a un heredero auténtico. Un heredero varón de mi propio linaje, y no contaminado por la sangre de brujas. Jamás me habría casado con aquella bruja llamada Maeve Harman de haber sabido que mi hijo seguía vivo. ¡Y no tan sólo vivo, sino engendrando hijos! Los únicos Redfern auténticos que quedan en el mundo, podría decirse.

Maggie, apretando con los dientes el labio inferior, no necesitó adivinar quién había al otro lado de la puerta. Observó tensamente.

Y Delos entró, en el momento indicado.

16

—Lo siento. ¿Interrumpo algo? —preguntó.

Maggie tuvo que hacer un esfuerzo para no inhalar bruscamente.

Verlo siempre le producía cierta impresión. Incluso en una habitación con Hunter Redfern y con la pálida y deslumbrante Sylvia, destacaba. Igual que un viento frío penetrando por la puerta, pareció introducir energía contenida en él, para despertar violentamente a todo el mundo con el gélido olor de la nieve.

Y desde luego también era guapísimo.

Y no le intimidaba Hunter, se dijo Maggie. Miró directamente a su bisabuelo con aquellos intrépidos ojos amarillos impasibles, y una expresión evaluativa en su rostro de huesos delicados.

—Nada en absoluto —respondió Hunter Redfern en tono afable—. Te estábamos esperando. Y planeando los festejos.

—¿Festejos?

—Para honrar nuestro acuerdo. Me complace tanto que hayamos llegado a un entendimiento por fin. ¿No te sucede lo mismo?

—Desde luego —dijo Delos, quitándose los guantes sin el menor cambio en el semblante—. Cuando lleguemos a un entendimiento, estaré muy complacido.

Maggie tuvo que morderse el labio para no soltar una risita. Jamás le había gustado tanto la adusta y fría severidad de Delos como en aquellos momentos, al contemplar la sonrisa superficial de Hunter y la forzada risita tonta de Sylvia.

Idiota, se dijo. *¿Cuándo te ha gustado siquiera? Este chico es un cubito de hielo.*

Pero había algo refrescante y mordaz en su frialdad, y no podía evitar admirar el modo en que se enfrentaba a Hunter. Sintió un pequeño nudo doloroso en el pecho mientras lo observaba allí de pie, tenso y elegante, con el oscuro pelo desgreñado por el paseo a caballo.

Lo que no quería decir que no sintiera miedo. Aquella aura de poder que Delos ostentaba era muy real. Él la había percibido antes, incluso aunque Aradia bloqueaba las señales de su energía vital. Y ahora allí estaba él, quizá a menos de cuatro metros de distancia, con tan sólo un trozo de lino entre ellos.

No había nada que Maggie pudiera hacer excepto permanecer sentada tan quieta como le fuese posible.

—Sylvia se ha tomado la libertad de iniciar los preparativos —dijo Hunter—. Espero que no te importe. Creo que podremos resolver cualquier pequeño detalle que quede antes de mañana, ¿no te parece?

De repente, Delos pareció cansado. Arrojó los guantes sobre la cama y asintió, accediendo en aquel punto.

—Sí.

—En lo esencial —siguió Hunter Redfern—, estamos de acuerdo.

En esa ocasión Delos se limitó a asentir sin decir nada.

—No puedo esperar a mostrarte orgulloso el mundo que hay fuera —dijo Hunter, y en esta ocasión a Maggie le pareció que la nota de orgullo y entusiasmo en la voz era sincera—. Mi bisnieto. Y pensar que hace un año no conocía tu existencia.

Cruzó la habitación para dar una palmada a Delos en la espalda. Fue un gesto tan parecido al del viejo rey, que los ojos de Maggie se abrieron como platos.

—Voy a hacer algunos preparativos por mi cuenta —dijo Hunter—. Creo que la última cacería antes de que te marches debería ser especial, ¿no te parece?

Sonreía al salir.

Delos clavó la mirada con aire taciturno en el cobertor de piel.

—Bueno —dijo Sylvia, sonando casi vivaz—. ¿Cómo está el brazo?

Delos bajó los ojos hacia la extremidad. Seguía llevando el complicado aparato que Maggie le había visto llevar el día anterior.

—Está bien.

—¿Duele?

—Un poco.

Sylvia suspiró y movió la cabeza.

—Eso es porque lo usaste para practicar. Te lo advertí, ya lo sabes.

—¿Puedes hacer que mejore o no? —inquirió Delos con brusquedad.

Sylvia abría ya la cesta.

—Ya te lo dije, llevará tiempo. Pero debería mejorar con cada tratamiento... siempre y cuando no lo uses.

Movía el aparato, haciendo cosas que Maggie no podía ver. Y a Maggie el corazón le latía violentamente lleno de ira y de un irrazonable sentido protector.

No puedo dejar que le haga eso a Delos; pero ¿cómo puedo detenerla? No hay modo de hacerlo. Si me ve, se acabó...

—Ya está —dijo Sylvia—. Esto debería durarte un tiempo.

Maggie rechinó los dientes.

Pero al menos quizá se irá ahora —pensó—. *Da la sensación de que hace un siglo que estoy sentada aquí dentro escuchándola. Y este taburete no resulta nada cómodo.*

—Ahora —dijo Sylvia con brío, recogiendo las cosas—. Deja que guarde tus guantes...

¡Oh, no!, pensó Maggie, horrorizada. En el estante que tenía al lado había un montón de guantes.

—No —replicó Delos, tan de prisa que fue casi un eco—. Los necesito.

—No seas tonto. No vas a volver a salir...

—Yo los cogeré.

Delos poseía unos reflejos fantásticos. Se colocó entre Sylvia y el ropero, y al cabo de un instante aferraba los guantes, casi arrancándoselos de las manos a ella.

Sylvia alzó los ojos hacia él para contemplarlo con curiosidad durante un largo momento. Maggie pudo verle el rostro, la cremosa piel delicadamente sonrojada, y los ojos, del color de violetas empapadas de lágrimas, y vio el débil brillo de los cabellos rubio pálido cuando la joven sacudió la cabeza levemente.

Delos se le quedó mirando implacablemente.

Entonces Sylvia encogió los frágiles hombros y soltó los guantes.

—Iré a ocuparme del banquete —dijo en tono ligero y sonrió, luego recogió la cesta y se dirigió con garbo a la puerta.

Delos contempló cómo se marchaba.

Maggie se limitó a permanecer sentada, sin habla y paralizada. Cuando Delos siguió a Sylvia y cerró la puerta con firmeza tras ella, la muchacha se obligó a abandonar lentamente el taburete. Se retiró ligeramente de las cortinas, pero todavía podía ver una franja del dormitorio.

Delos fue directo al ropero.

—Ya puedes salir ahora —dijo, la voz sin inflexión y dura.

Maggie cerró los ojos.

Estupendo. Bueno, debería haberlo sabido.

Pero no había dejado que Sylvia entrara y la descubriera, y no se había limitado a entregarla a sus guardias. Eran muy buenas señales, se dijo con firmeza. De hecho, a lo mejor no iba a tener que persuadirlo de nada; a lo mejor ya iba a mostrarse razonable.

—¿O tengo que entrar yo? —dijo Delos en un tono que no auguraba nada bueno.

O a lo mejor no, pensó Maggie.

Sintió un repentino deseo idiota de quitarse el polvo del pelo y se sacudió la cabeza unas cuantas veces con las manos, pero luego abandonó el intento.

Terriblemente consciente de su rostro embadurnado y las ropas de esclava, apartó las colgaduras de hilo y salió.

—Te lo advertí —dijo Delos.

La miraba directamente a la cara, con la mandíbula apretada y un rictus sombrío en los labios como no le había visto nunca. Los ojos estaban entornados, de un dorado apagado y fantasmagórico en las sombras. Parecía de pies a cabeza el típico príncipe vampiro siniestro y misterioso.

Y aquí estoy yo, pensó ella. *Con el aspecto de... bueno, de chusma, supongo. Como algo sacado de la alcantarilla. No gran cosa como representante de la humanidad.*

Jamás le habían importado la ropa o los peinados ni cosas por el estilo, pero justo en aquel momento deseó poder parecer al menos presentable. Ya que el destino del mundo tal vez dependiera de ella.

Aun así, había algo en el aire entre Delos y ella. Una especie de trémula vivacidad que le aceleraba la sangre en las venas a Maggie. Aquello hizo que se agitara su pecho y que el corazón le empezara a martillear con una curiosa mezcla de miedo y esperanza.

Miró a Delos tan directamente a la cara como él la miraba a ella.

—Sé algunas cosas que creo que necesitas saber —dijo con voz sosegada.

Él hizo caso omiso.

—Te dije lo que sucedería si venías aquí. Te dije que no te volvería a proteger.

—Lo recuerdo. Pero lo has hecho. Y te doy las gracias... aunque realmente creo que sería mejor que te contase lo que está pasando. Sylvia es muy suspicaz, y si ha ido a ver a Hunter Redfern para decirle que no quieres que la gente mire en tu ropero...

—¿Es que no lo comprendes? —replicó él con tal repentina violencia que a Maggie se le hizo un nudo en la garganta, ahogando sus palabras, y se lo quedó mirando atónita—. Estás tan cerca de la muerte, pero no parece importarte. ¿Eres demasiado estúpida para captarlo, o es que sientes el deseo de morir?

Los fuertes latidos en el pecho de Maggie eran ahora definitivamente producto del miedo.

—Lo comprendo —empezó a decir lentamente, cuando consiguió que la voz le funcionara.

—No, no es cierto —repuso él—. Pero haré que lo comprendas.

De improviso sus ojos llameaban. No tenían simplemente el acostumbrado brillo amarillo, sino que eran de un deslumbrante dorado inusual que parecía contener su propia luz.

Incluso a pesar de que Maggie lo había visto antes, seguía siendo todo un impacto contemplar cómo le cambiaba el semblante. El rostro palideciendo más, aún más hermoso y claramente definido, cincelado en hielo. Las pupilas ensanchándose como las de un depredador, conteniendo una oscuridad en su interior en la que un humano podía ahogarse. Y aquella boca orgullosa y terca crispándose en una mueca de rabia.

Todo sucedió aproximadamente en un segundo. Y a continuación avanzaba ya hacia ella, con oscuro fuego en los ojos, y los labios tensados hacia atrás dejando al descubierto los dientes.

Maggie clavó los ojos en los colmillos, impotente y horrorizada otra vez. Eran aún más afilados de lo que los recordaba, y hendían el labio inferior a cada lado, incluso con la boca abierta en parte. Y, sí, definitivamente daban miedo.

—Esto es lo que soy —dijo Delos, hablando con soltura por entre los colmillos—. Un animal que caza. Parte de un mundo de oscuridad en el que no sobrevivirías ni un minuto. Te he dicho una y otra vez que te mantengas alejada de él, pero no quieres escuchar. Vas y apareces en mi propio castillo, y simplemente no quieres creer el peligro que corres. Así que ahora te lo voy a mostrar.

Maggie retrocedió un paso. No estaba en una buena posición; tenía la pared detrás y la enorme cama estaba a la izquierda. Delos estaba entre ella y la puerta, y ella ya había visto lo rápidos que eran sus reflejos.

Sentía las piernas inseguras; el pulso le latía de un modo errático. Respiraba a toda velocidad.

En realidad no lo dice en serio... no será capaz de hacerlo. No habla en serio...

Pero a pesar de la desesperada letanía de su cerebro, el pánico empezaba a amotinarse en su interior. Los instintos de antepasados olvidados, enterrados hacía siglos, salían a la superficie. Una parte muy antigua de ella recordaba haber sido perseguida por animales que cazaban, haber sido la presa.

Retrocedió hasta entrar en contacto con la pared cubierta por un tapiz que tenía a la espalda. Y entonces no hubo ningún otro lugar al que ir.

—Ahora —dijo Delos, y recorrió la distancia entre ellos con la elegancia de un tigre.

Estaba justo delante de ella. Maggie no pudo evitar alzar los ojos hacia él, estudiar directamente aquel rostro extraño y hermoso. Podía oler un aroma parecido al de las hojas otoñales y la nieve recién caída, pero pudo sentir el calor que emanaba de su cuerpo.

No es nada muerto o no muerto, pensó una parte muy distante de su mente. *Es despiadado, lo han educado para ser una arma, pero está definitivamente vivo; puede que sea la cosa más viva que he visto nunca.*

Cuando él se movió, no hubo ningún sitio al que ella pudiera ir para esquivarlo. Las manos de Delos se cerraron sobre sus hombros como implacables manos de acero, y a continuación la acercó a él, no con brusquedad pero tampoco con delicadeza, tirando de ella hasta que su cuerpo descansó ligeramente sobre el de él. Y la contempló con ojos dorados que ardían como llamas gemelas.

Está mirando mi garganta, pensó Maggie. Sentía el corazón latiendo allí, y con la barbilla alzada para mirarlo y la parte superior del cuerpo arqueada lejos de él, supo que Delos podía verlo. Los ojos del joven estaban fijos en el latido con una clase de ansia diferente de la que nunca había visto en un rostro humano.

Durante justo un instante el pánico la dominó y ascendió arrollador como una masa negra para engullir todo lo demás. No era capaz de pensar; no era otra cosa más que una aterrada masa de instinto, y todo lo que quería era correr, huir.

Luego, despacio primero, el pánico retrocedió. Simplemente fluyó fuera de ella, disipándose, y sintió como si se alzara desde aguas profundas a un aire límpido como el cristal.

Alzó la vista para mirar directamente al interior de los ojos dorados que la observaban desde arriba y dijo:

—Adelante.

Tuvo el placer de ver cómo los ojos dorados adquirían una expresión sobresaltada.

—¿Qué?

—Adelante —dijo Maggie con toda claridad—. No importa. Eres más fuerte que yo; los dos lo sabemos. Pero hagas lo que hagas, no puedes convertirme en tu presa. No tienes ese poder. No puedes controlarme.

Delos dijo enfurecido, emitiendo un sonido de reptil.

—Eres tan...

—Me querías asustada; estoy asustada. Pero, de todos modos, ya estaba asustada antes. Y da lo mismo . Hay algo en juego más importante que yo aquí. Demuestra lo que sea que tengas que demostrar y luego te lo contaré.

—Tan completamente estúpida —se encolerizó Delos.

Pero Maggie tuvo la curiosa sensación de que su cólera iba más dirigida contra él que contra ella.

—No crees que vaya a hacerte daño —dijo.

—En eso te equivocas.

—Sí que te haré daño. Te demostraré...

—Puedes matarme —dijo Maggie llanamente—. Pero eso es todo lo que puedes hacer. Te lo he dicho, no puedes controlarme. Y no puedes cambiar lo que existe entre nosotros.

Él estaba ahora muy, pero que muy enojado. Las insondables pupilas de sus ojos eran como agujeros negros, y Maggie recordó de repente que no era tan sólo un vampiro, o tan sólo una arma, sino una criatura portadora de muerte con poderes destinados a provocar el fin del mundo.

Se cernió sobre ella mostrando los colmillos.

—Te haré daño —dijo—. Contempla cómo te hiero.

Se inclinó sobre ella enfurecido, y Maggie pudo verle la intención en los ojos. Tenía intención de asustar y desilusionar...

... y la besó en la boca como gotas de lluvia cayendo sobre agua fresca.

Maggie se aferró a él con desesperación y le devolvió el beso. Allí donde entraban en contacto se disolvían el uno en el otro.

189

Luego lo sintió estremecerse en sus brazos y ambos estuvieron perdidos.

Fue como la primera vez que sus mentes se habían unido. Maggie sintió un vibrante estremecimiento que le rodeó todo el cuerpo y pudo notar cómo la impoluta línea de comunicación se abría entre ellos, pudo notar cómo era elevada al interior de aquel maravilloso lugar en calma donde sólo existían ellos dos y nada más importaba.

Vagamente, supo que su persona física caía al frente, que ambos caían, todavía aferrados en un abrazo. Pero en el silencioso lugar de belleza cristalina donde ella estaba realmente, se hallaban cara a cara iluminados por una luz blanca.

Era como volver a estar dentro de la mente de Delos, pero en esta ocasión él se encontraba allí frente a ella, mirándola directamente. Ya no parecía una arma de destrucción, ni siquiera un vampiro. Los ojos dorados de negras pestañas eran enormes, como los de un niño solemne, y había una nostalgia terrible en su rostro.

Él tragó saliva, y entonces ella oyó la voz de su mente. Era tan sólo el más quedo de los susurros. *No quiero...*

Sí, quieres, interrumpió ella, indignada. Las barreras normales que existían entre dos personas se habían fundido; sabía lo que él sentía, y no le gustaba que le mintieran.

... que esto termine, finalizó él.

¡Oh!

Los ojos de Maggie se llenaron de repentinas lágrimas ardientes.

Hizo lo que era instintivo en ella: le tendió la mano. Y a continuación se abrazaban en sus mentes, del mismo modo que se abrazaban sus cuerpos físicos, y tuvieron aquella sensación de alas invisibles rodeándolos por todas partes.

Maggie pudo captar fragmentos de sus pensamientos, no sólo los de la superficie, sino cosas tan enterradas que no estuvo segura de que él supiera siquiera que las pensaba. *Tan solo... siempre he estado solo. Se suponía que tenía que ser así. Siempre solo...*

No, no lo estás, le dijo ella, intentando comunicar con la zona más profunda del muchacho. *No permitiré que estés solo. Estábamos predestinados a estar juntos, ¿no lo percibes?*

Lo que ella podía percibir era el poderoso anhelo del joven. Pero a él no se le podía convencer de golpe.

Maggie oyó algo parecido a «Destino...». Y vio imágenes del pasado de Delos. Su padre. Sus maestros. Los nobles. Incluso los esclavos que habían oído las profecías. Todos ellos creían que sólo tenía un propósito en la vida, y que estaba relacionado con el fin del mundo.

Puedes cambiar tu destino, dijo ella. *No tienes que secundarlo. No sé qué sucederá con el mundo, pero no tienes por qué ser lo que ellos dicen. ¡Posees el poder suficiente para enfrentarte a ellos!*

Durante una décima de segundo la imagen del padre pareció alzarse más cerca, alta y terrible, un padre visto a través de los ojos de la infancia. Luego las facciones se difuminaron, cambiando justo lo suficiente para convertirse en Hunter Redfern con la misma luz cruel y acusadora en sus ojos amarillos.

Y luego una oleada de cólera por parte de Delos se llevó la imagen con ella.

No soy una arma.

Lo sé, le dijo Maggie.

Puedo elegir lo que soy a partir de ahora. Puedo elegir qué senda seguir.

Sí, dijo Maggie.

Elijo ir contigo, repuso Delos con sencillez.

La cólera había desaparecido. De un modo muy fugaz, obtuvo de él otra imagen apenas esbozada, como le había sucedido en la otra ocasión, viéndose a sí misma a través de sus ojos.

No la veía como a una esclava de cabellos polvorientos, rostro manchado y vestida con burda arpillera. La veía como la muchacha de cabellos color de otoño y ojos color alazán de una profundidad infinita; la clase de ojos que jamás titubeaban, sino que le miraban directamente el alma. La veía como algo cálido, real y vibrante, que fundía el hielo negro de su corazón y lo liberaba.

Y entonces aquella imagen también desapareció, y simplemente estaban abrazados, llenos de paz.

Permanecieron así un rato, con los espíritus fluyendo dentro y fuera de cada uno. Delos no parecía dispuesto a moverse.

Y también Maggie quería que durase. Quería permanecer allí durante mucho tiempo, explorando todas las partes más profundas y recónditas de la mente que ahora estaba abierta a ella. Llegar hasta él en modos en los que nadie lo había hecho antes, hasta aquella persona que, fuera de toda lógica, era su otra mitad. Que le pertenecía. Que era su alma gemela.

Pero algo se dedicaba a importunar su conciencia. No podía hacer como si no existiera, y cuando por fin se permitió contemplarlo, lo recordó todo.

Y se vio arrastrada por una oleada de alarma tan poderosa que la arrancó de golpe de la mente del chico.

Pudo sentir cómo el impacto de la separación retumbaba en él cuando ella se incorporaba hasta sentarse, volvía a sentir su propio cuerpo. Seguían unidos lo suficiente como para que le doliera del mismo modo que le dolió a él. Pero estaba demasiado asustada para que aquello le importara.

—Delos —dijo apremiante—. Tenemos que hacer algo. Se avecinan problemas.

La miró pestañeando, como si llegara de un lugar muy lejano.

—Todo irá bien —dijo.

—No. No será así. No lo entiendes.

Él suspiró, de un modo muy parecido a su antiguo bufido de exasperación.

—Si es Hunter Redfern quien te preocupa...

—Es él... y Sylvia. Delos, los he oído hablar cuando estaba en el ropero. No sabes lo que tienen planeado.

—No importa lo que tengan planeado. Puedo ocuparme de ellos. —Se irguió un poco y bajó la mirada al brazo izquierdo.

—No, no puedes —replicó Maggie con ferocidad—. Y ése es el problema. Sylvia te puso un hechizo, un hechizo de contención, lo llamó. No puedes usar tu poder.

17

La miró fijamente por un momento; sus ojos dorados estaban muy abiertos.

—¿No me crees?

—No me sorprendería en absoluto que Sylvia lo intentara —dijo—. Pero no creo que sea lo bastante poderosa.

—Según sus palabras, había conseguido ingredientes especiales. Y dijo que nadie salvo ella podía retirar el hechizo. —Cuando él siguió mirándola dubitativo, si bien un poco más sombrío, Maggie añadió—: ¿Por qué no lo pruebas?

El joven alargó una mano de dedos largos y fuertes para tirar de los cierres del aparato. Éste salió con facilidad, y Maggie enarcó las cejas. Pestañeó.

Delos alargó el brazo, apuntando a la pared, y sacó una daga del cinto.

Maggie había olvidado la parte relativa a la sangre, pero se mordió el interior de la mejilla y no dijo nada cuando él se hizo un pequeño corte en la muñeca. La sangre brotó roja, luego fluyó en un hilillo.

—Tan sólo una explosión pequeña —indicó Delos, y miró con calma la pared.

Nada sucedió.

Frunció el entrecejo, y los dorados ojos llamearon peligrosamente. Maggie pudo ver la concentración en su rostro. Extendió los dedos.

Siguió sin suceder nada.

Maggie soltó el aliento que había contenido. *Imagino que los hechizos son invisibles*, pensó. *El aparato era sólo para impresionar.*

Delos contemplaba el brazo como si no le perteneciera.

—Tenemos problemas —dijo Maggie, intentando hacer que no sonara a «Ya te lo dije»—. Mientras creían estar solos aquí dentro, han hablado de toda clase de cosas. Todo lo que le importa a Hunter es conseguir que le ayudes a destruir a los humanos. Pero ha tenido lugar una gran división en el Night World, y las brujas se han escindido de él.

Delos se quedó muy quieto, y sus ojos adoptaron una expresión distante.

—Eso significa la guerra. Guerra abierta entre brujas y vampiros.

—Probablemente —dijo Maggie, agitando una mano con un ademán vago—. Pero escucha, Delos, las brujas enviaron a alguien aquí, a una embajadora, para hablar contigo. Para intentar que te pongas de su lado. Hunter dijo que ya tienen a uno de los Poderes Salvajes de su lado... las brujas, quiero decir. ¿Comprendes esto?

—Desde luego —respondió él.

Pero la voz era curiosamente distante ahora, también. Contemplaba algo que Maggie no podía ver.

—Pero uno de cuatro no importa. Dos de cuatro, tres de cuatro... no sirve.

—¿De qué hablas? —Maggie no aguardó a que él contestara—. Escúchame. Conozco a la chica que vino a hablar contigo. Es la chica que estaba conmigo en las rocas; también a ella la salvaste de Bern. Su nombre es Aradia, y es la Doncella de todas las brujas. Y, Delos, ellos la están buscando en estos instantes. Quieren matarla para impedirle llegar hasta ti. Y es mi amiga.

—Pues es una lástima.

—Tenemos que detenerlos —dijo Maggie, exasperada.

—No podemos.

Aquello acalló a Maggie de golpe, y la muchacha lo miró atónita.

—¿De qué estás hablando?

—Digo que no podemos detenerlos. Son demasiado fuertes. Maggie, escúchame —dijo con calma y claridad, cuando ella inició una protesta incoherente.

Es la primera vez que ha pronunciado mi nombre en voz alta, pensó ella aturdida, y luego se concentró en sus palabras.

—No se trata sólo del hechizo. Y no es sólo que controlan el castillo. Oh, sí, lo hacen —dijo con una sonrisa amarga, volviendo a interrumpirla—. No llevas aquí mucho tiempo; no lo comprendes. Los nobles que hay aquí tienen siglos de edad, la mayoría de ellos. No les gusta que los gobierne un niño precoz con misteriosos poderes. En cuanto Hunter apareció, le transfirieron su lealtad.

—Pero...

—Él es todo lo que admiran. El vampiro perfecto, el depredador supremo. Es despiadado y sanguinario y quiere entregarles todo el mundo para que sea su territorio de caza. ¿Realmente crees que alguno de ellos puede resistirse a eso? Tras años de cazar animales estúpidos y desconcertados que hay que racionar de uno en uno, con esclavos decrépitos como un lujo especial, ¿crees que alguno de ellos no le seguiría voluntariamente?

Maggie permaneció en silencio. No había nada que pudiera decir.

Él tenía razón, y aquello resultaba aterrador.

—Y eso no es todo —prosiguió él implacablemente—. ¿Quieres oír una profecía?

—Creo que no —repuso Maggie, que ya había oído profecías más que suficientes para toda una vida.

Él no le hizo caso.

—Mi viejo profesor acostumbraba a contarme ésta:

«Cuatro para interponerse entre la luz y la sombra,
cuatro de fuego azul, con poder en su sangre.
Nacidos el año de la visión de la Doncella ciega;
cuatro menos uno y triunfa la oscuridad».

—¡Ajá! —dijo Maggie.

A ella le parecía que todo giraba en torno a lo mismo. Lo único que tenía de interesante era que mencionaba a la Doncella ciega, y ésa tenía que ser Aradia, ¿no? Era una bruja famosa.

—¿Qué significa «nacidos el año de la visión de la Doncella ciega»? —preguntó.

—Significa que todos los Poderes Salvajes tienen la misma edad, que nacieron hace diecisiete años —dijo Delos con impaciencia—. Pero ésa no es la cuestión. La cuestión es la última frase: «Cuatro menos uno y triunfa la oscuridad». Significa que la oscuridad vencerá, Maggie.

—¿Qué quieres decir?

—Es inevitable. No existe ningún modo de que los humanos y las brujas puedan poner a los cuatro Poderes Salvajes, a todos, de su lado. Y si hay aunque sólo sea uno menos que cuatro, la oscuridad ganará. Todo lo que los vampiros tienen que hacer es matar a uno de los Poderes Salvajes, y se acabó. ¿No te das cuenta?

Maggie lo miró atónita. Sí se daba cuenta de lo que él decía, y era aún más aterrador que lo que le había contado antes.

—Pero eso no significa que tengamos que rendirnos sin más —dijo ella, intentando descifrar la expresión del muchacho—. Si lo hacemos, entonces sí que todo habrá acabado. No podemos simplemente rendirnos y permitirles vencer.

—Por supuesto que no —repuso él en tono áspero—. Tenemos que unirnos a ellos.

Hubo un largo silencio. Maggie reparó en que se había quedado boquiabierta.

—¿Qué?

—Tenemos que estar del lado vencedor, y ése es el bando de los vampiros. —La miró con ojos amarillos que parecían tan distantes y mortalmente tranquilos como los de una pantera—. Lo siento por tus amigas, pero no existe ninguna posibilidad para ellas. Y la única posibilidad para ti es convertirte en una vampira.

El cerebro de Maggie se puso en marcha a toda velocidad.

De golpe, comprendió con exactitud lo que le decía. Y la furia le proporcionó energía. Él era veloz como el rayo, pero ella se incorporó de un salto y se alejó antes de que pudiera cerrar la manos sobre ella.

—¿Estás loco?

—No.

—¿Vas a matarme?

—Voy a salvarte la vida, del único modo en que puedo hacerlo. —Se levantó, siguiéndola con aquella misma tranquilidad inquietante.

No puedo creer esto. Re...realmente... no puedo... creerlo, pensó Maggie.

Rodeó la cama, luego se detuvo. Era inútil; acabaría por atraparla.

Lo miró a la cara una vez más, y vio que hablaba totalmente en serio; así pues, bajó los brazos y relajó los hombros, intentando aminorar el ritmo de la respiración y trabando la mirada directamente con él.

—Delos, esto no tiene que ver sólo conmigo, y no tiene que ver sólo con mis amigas. Tiene que ver con todos los esclavos que hay aquí, y con todos los humanos del Exterior. Convertirme en un vampiro no va a ayudarlos.

—Lo siento —repitió él—. Pero tú eres lo único que me importa realmente.

—No, no lo soy —dijo Maggie, y en esta ocasión las ardientes lágrimas no se detuvieron en los ojos, sino que se derramaron y descendieron por las mejillas; se las quitó con ira, e inhaló profundamente una última vez.

»No te dejaré —dijo.

—No puedes detenerme.

—Puedo pelear. Puedo obligarte a matarme antes de que me conviertas en un vampiro. Si quieres probarlo de ese modo, ven y hazlo lo mejor que puedas.

Los ojos amarillos de Delos taladraron los suyos... y luego de improviso cambiaron de posición y descendieron. Retrocedió, con semblante frío.

—Estupendo —dijo—. Si no quieres cooperar, te meteré en las mazmorras hasta que comprendas qué es lo mejor para ti.

Maggie sintió que volvía a quedarse boquiabierta.

—No lo harías —dijo.

—Mira cómo lo hago.

La mazmorra, como todo lo demás en el castillo, era increíblemente auténtica. Tenía algo sobre lo que Maggie había leído en libros pero no había visto en las habitaciones de arriba: juncos y paja en el suelo. También tenía un banco de piedra tallado directamente en el muro y una estrecha rendija con barrotes por ventana a unos cuatro metros y medio por encima de la cabeza de Maggie. Y eso era todo lo que tenía.

Una vez que Maggie hubo hurgado en el interior de la paja lo suficiente para descubrir que en realidad no quería saber lo que había allí abajo, zarandeado los barrotes de hierro que conformaban la puerta, examinado las losas de piedra de la pared y subido al banco para intentar trepar hasta la ventana, no hubo nada más que hacer, así que se sentó en el banco y sintió cómo la auténtica enormidad de la situación iba penetrando en su interior.

Estaba realmente atrapada allí. Delos hablaba en serio. Y el mundo, el mundo auténtico y real de allí fuera, podría verse afectado como consecuencia de ello.

No era que no comprendiera lo que motivaba al muchacho. Había estado dentro de su mente; había percibido la fuerza del deseo de protegerla que sentía. Y también ella quería protegerlo.

Pero no era posible olvidar la existencia de todas las demás personas. Sus padres, sus amigos, sus profesores, la chica que repartía el periódico. Si dejaba que Delos se diera por vencido, ¿qué les sucedería?

Incluso las personas que vivían en el Reino Oscuro. Lavandera y Vieja Zurcidora y Remojadora y Vaciadora de Orinales y todos los otros esclavos. A ella le importaban; admiraba la denodada determinación que mostraban de seguir viviendo, fueran cuales fuesen las circunstancias... y su valor al arriesgar la vida para ayudarla.

Eso es lo que Delos no comprende, pensó. *No los ve como personas, de modo que no le importan. Durante toda su vida sólo le ha importado él mismo, y ahora también yo. No es capaz de mirar más allá de eso.*

Si al menos se le ocurriera un modo de hacerlo comprender; pero no podía. A medida que transcurrían las horas y el silencio empezaba a afectarla, siguió intentándolo.

201

No le llegó ninguna inspiración. Y por fin la luz fuera de la celda empezó a desvanecerse y el frío comenzó a dejarse notar.

Estaba medio dormida, acurrucada en el helado banco, cuando oyó el ruido metálico de una llave en una puerta. Se levantó de un salto y fue a atisbar a través de los barrotes, esperando ver a Delos.

La puerta del final del estrecho corredor de piedra se abrió y entró alguien con una antorcha. Pero no era Delos. Era un guardia, y detrás de él iba otro guardia, y éste tenía un prisionero.

—¡Jeanne! —exclamó Maggie con desaliento.

Y luego el corazón aún se le cayó más a los pies.

Vio que un tercer guardia medio conducía, medio sostenía a Aradia.

Maggie las contempló muda de asombro.

No era propio de Jeanne no pelear, se dijo, mientras los guardias abrían la puerta de la celda y empujaban a las jóvenes al interior.

La puerta volvió a cerrarse con gran estruendo, y los guardias volvieron a marcharse sin decir nada. Casi como una ocurrencia tardía, uno de ellos encajó una antorcha en un aro de hierro para dar a las prisioneras algo de luz.

Y luego desaparecieron.

Jeanne se alzó del suelo de piedra, y luego ayudó a Aradia a levantarse.

—Tienen a P. J. arriba —dijo a Maggie, que seguía mirando con ojos atónitos—. Han asegurado que no le harían daño si no armábamos alboroto.

Maggie abrió la boca, volvió a cerrarla, e intentó tragarse el corazón, que notaba en la garganta. Por fin consiguió hablar.

—¿Delos ha dicho eso?

—Delos y también Hunter Redfern y esa bruja. Son todos muy amigos.

Maggie se sentó en el frío banco.

—Lo siento —dijo.

—¿Por qué? ¿Porque eres demasiado estúpidamente confiada? —inquirió Jeanne—. No eres responsable de él.

—Creo que lo dice porque es su alma gemela —dijo Aradia con suavidad.

Jeanne la miró fijamente como si hubiese empezado a hablar en un idioma extranjero. Maggie también la miró con asombro, sintiendo cómo los ojos se le abrían más y más, intentando estudiar las hermosas facciones en la semioscuridad.

Se sentía curiosamente avergonzada con aquella muchacha a la que había llamado Cady y que había resultado ser algo que jamás habría podido imaginar.

—¿Cómo has sabido eso? —preguntó, intentando no sonar cohibida—. ¿Puedes darte cuenta... de pronto?

Una sonrisa curvó los perfectos labios en las sombras.

—Pude darme cuenta antes —dijo Aradia con dulzura, retrocediendo con gran precisión para sentarse en el banco—. Cuando regresaste de verlo la primera vez, pero estaba demasiado confusa para concentrarme realmente en nada entonces. He visto una barbaridad de casos en los últimos años, no vayas a creer. A la gente encontrando a sus almas gemelas, me refiero.

—Estás mejor, ¿verdad? —dijo Maggie—. Pareces muchísimo más... despierta.

No era sólo eso. Aradia siempre había poseído una tranquila dignidad, pero en aquellos momentos había una autoridad y una confianza en ella que eran nuevas.

—Las sanadoras me ayudaron. No obstante, todavía estoy débil —repuso la muchacha con suavidad, paseando la mirada por la celda—. No puedo usar ninguno de mis poderes; aunque tampoco es que el de abrirse paso a través de paredes esté entre ellos.

Maggie soltó un soplido.

—Oh, bueno. Me alegro de que estés despierta, de todos modos —añadió, volviéndose a sentir cohibida—. Esto... Sé tu nombre auténtico ahora. Lamento el malentendido de antes.

Aradia posó una mano, de nuevo con perfecta precisión, sobre la de Maggie.

—Escucha, mi querida amiga —dijo, sobresaltando a Maggie tanto con la palabra como con la intensidad de la voz—, nadie me ha ayudado nunca tanto como lo hiciste tú, ni con menos motivo. Si hubieses pertenecido a mi gente, y hubieses sabido quién era yo, ya habría resultado más que asombroso. Pero viniendo de una humana, que no sabía nada sobre mí... —Paró y sacudió la cabeza—. Ni siquiera sé si sobreviviremos a esta noche —dijo—. Pero si lo hacemos, y si alguna vez hay algo que las brujas puedan hacer por ti, todo lo que tienes que hacer es pedirlo.

Maggie pestañeó con fuerza.

—Gracias —musitó—. Quiero decir... ya sabes. Simplemente no podía abandonarte.

—Lo sé —dijo Aradia—. Y eso es lo que resulta asombroso. —Oprimió la mano de Maggie—. Suceda lo que suceda, jamás te olvidaré. Y tampoco lo harán las otras brujas, si depende de mí.

Maggie tragó saliva. No quería echarse a llorar, porque temía no ser capaz de parar.

Por suerte Jeanne paseaba la mirada de la una a la otra como si estuviera en un partido de tenis.

—¿Qué es toda esta cursilería? —exigió—. ¿De qué están hablando ustedes dos?

Maggie se lo contó. No sólo que Aradia era la Doncella de las brujas, sino todo lo que había averiguado escuchando a Hunter Redfern y a Sylvia.

—Así que las brujas han abandonado el Night World —dijo

Aradia con calma, cuando ella dejó de hablar—. Estaban casi listas para ello cuando me fui.

—Venías hacia aquí para hablar con Delos —dijo Maggie.

Aradia asintió.

—Oímos que Hunter había conseguido alguna pista sobre el siguiente Poder Salvaje. Y sabíamos que no iba a arriesgarse a permitir que el Círculo del Amanecer se hiciera con éste.

Jeanne había empezado a restregarse la frente.

—¿Qué es el Círculo del Amanecer?

—Es el último círculo de brujas; pero no está constituido únicamente por brujas. También pueden formar parte humanos, y los cambiantes y los vampiros que quieren vivir en paz con los humanos. Y ahora está abierto a todo el que se oponga a la oscuridad. —Meditó un momento y añadió—: Yo pertenecía al Círculo del Crepúsculo, las... brujas no tan perversas. —Sonrió, luego la sonrisa se apagó—. Pero ahora realmente sólo hay dos bandos entre los que elegir. El de la Luz o el de la Oscuridad, y eso es todo.

—Delos en realidad no está del lado de la Oscuridad —dijo Maggie, sintiendo cómo el dolor de su pecho aumentaba—. Tan sólo está... confuso. Se uniría a ustedes si no pensara que eso implicaría conseguir que me mataran.

Aradia volvió a oprimirle la mano.

—Te creo —dijo con dulzura.

—Así pues, eres alguna especie de pez gordo entre las brujas, ¿eh? —dijo Jeanne.

Aradia volvió la cabeza hacia ella y rió.

—Soy su Doncella, la representante de las brujas jóvenes. Si vivo el tiempo suficiente, seré su Madre un día, y luego su Vieja.

—Qué divertido. Pero a pesar de todo eso, ¿sigue sin ocurrírsete ningún modo de sacarnos de aquí?

Aradia se tornó más seria.

—No puedo. Lo siento. Si... esto no resulta de mucha utilidad, pero si puedo hacer algo, es tan sólo emitir una profecía.

La garganta de Maggie emitió un ruido involuntario.

—Acudió a mí mientras estaba dormida en la cabaña de la sanadora —dijo Aradia en tono de disculpa—. Y fue simplemente una idea, un concepto. Que si iba a obtenerse alguna ayuda en este valle, sería apelando al auténtico corazón de la gente.

Jeanne emitió un ruido mucho más potente y grosero que el de Maggie.

—Hay una cosa más —dijo, volviendo los enormes ojos extraviados hacia Maggie y hablando con la misma dulzura de siempre—. Debería haber mencionado esto antes. Puedo contarte algo sobre tu hermano.

18

Maggie la miró con expresión frenética.

—¿Cómo... dices?

—Debería habértelo contado antes —respondió Aradia—. Pero no me di cuenta de que era tu hermano hasta que mi mente se aclaró más. Se parecen mucho, pero no podía pensar como era debido para enlazarlo todo. —Rápidamente y con terrible delicadeza, añadió—: Pero, Maggie, no quiero hacer crecer tus esperanzas. No creo que haya muchas posibilidades de que esté bien.

Maggie se quedó muy quieta.

—Cuéntame.

—Lo cierto es que él me salvó antes de que lo hicieras tú. Venía a este valle, pero no estaba sola; había varias brujas conmigo. No sabíamos dónde estaba el sendero exactamente... sólo habíamos conseguido obtener información incompleta de nuestros espías en el hogar de Hunter Redfern.

Maggie controló su respiración y asintió.

—Era la tarde de Samhain... Halloween. Deambulábamos por la zona donde más o menos estaba el sendero, intentando hallar un hechizo que lo dejase al descubierto. Todo lo que conseguimos fue provocar un alud.

Maggie dejó de respirar del todo.

—¿Un alud?

—No le causó ningún daño a tu hermano, no temas. Él estaba en la carretera, el lugar donde deberíamos haber estado, si al menos lo hubiésemos sabido. Pero sí que mató a los otros miembros de mi grupo.

—¡Oh! —musitó Maggie—. ¡Oh, lo siento...!

—No resulté gravemente lastimada, pero estaba totalmente aturdida. Podía percibir que las demás estaban muertas, pero ya no estaba segura de dónde me encontraba. Y fue entonces cuando oí gritar a tu hermano. Sylvia y él habían oído la avalancha, desde luego, y acudieron a ver si alguien estaba atrapado en ella.

—Miles siempre estaba dispuesto a ayudar a la gente —dijo Maggie, todavía casi en un susurro—. Aunque sólo necesitasen unas pilas o unos calcetines o lo que fuese.

—No puedo expresarte lo agradecida que estuve de oírlo. Me salvó la vida, estoy segura; habría deambulado por allí aturdida hasta congelarme. Y me alegré tanto al reconocer que la chica que iba con él era una bruja... —Hizo una mueca.

—¡Ja! —dijo Jeanne, pero no sin un dejo de compasión—. Apuesto a que eso no duró mucho.

—Ella me reconoció, también, de inmediato —siguió Aradia—. Sabía lo que tenía. Una rehén para negociar con todas las demás brujas. Y para conseguir crédito ante Hunter Redfern. Y, desde luego, sabía que podía impedirme ver a Delos.

—Todo lo que le importa es el poder —indicó Maggie con voz sosegada—. La oí hablar; todo lo que le importa es ella, y ha dicho que las brujas la han tratado mal porque no es una Harman o algo así.

Aradia sonrió muy levemente.

—Yo no soy una Harman de nombre, tampoco. Pero todas las brujas auténticas son hijas de Hellewise Mujer del Hogar...

si simplemente quisieran reconocerlo. —Movió la cabeza ligeramente—. A Sylvia la emocionó hasta tal punto el encontrarme que no pudo resistir explicárselo todo a tu hermano. Y a él... no le gustó.

—No —repuso Maggie, ardiendo con un orgullo tan feroz que por un momento la fría celda le pareció cálida.

—Ella sólo le había contado que lo llevaba a un lugar secreto donde las leyendas seguían vivas. Pero ahora le contó la verdad sobre el Reino Oscuro, y que quería que él formase parte de él. Le contó que podría pertenecerles... su refugio privado... una vez que Delos se marchase con Hunter Redfern. Él podría convertirse en un vampiro o un cambiante, lo que prefiriera. Ambos serían parte del Night World, y gobernarían aquí sin injerencias.

Maggie alzó las manos con impotencia, agitándolas nerviosamente porque no conseguía hallar las palabras. ¿Hasta qué punto podía ser estúpida Sylvia? ¿Es que no conocía a Miles en absoluto?

—Miles no querría nada de todo eso —consiguió decir por fin con una voz estrangulada.

—No quiso. Se lo dijo así. Y supe al instante que tenía problemas con ella. —Aradia suspiró—. Pero no había nada que yo pudiese hacer. Sylvia se lo tomó con gran tranquilidad hasta que consiguieron bajarme de la montaña. Fingió que todo lo que le importaba era llevarme a un médico y contar a los guardabosques lo de mis amigas. Pero una vez que estuvimos en su departamento, todo cambió.

—Recuerdo su departamento —dijo Maggie lentamente—. Las personas que había en él eran muy raras.

—Eran miembros del Night World —contestó Aradia—. Y amigos de Sylvia. En cuanto estuvimos dentro les dijo qué hacer. Yo intentaba explicárselo a Miles, ver si podíamos huir los dos, pero ellos eran demasiados. Se colocó entre ellos y yo, Maggie. Dijo que tendrían que matarlo para conseguir llegar hasta mí.

Maggie ahora sentía el pecho más hinchado que tirante, como un tambor cilíndrico lleno de agua. Percibía cómo el corazón golpeaba sordamente en su interior, y el modo en que resonaba a través de ella.

Mantuvo firme la voz y dijo:

—¿Lo mataron?

—No. No entonces, al menos. Y a lo mejor no lo hicieron jamás... pero ésa es la parte que desconozco. Todo lo que sé es que lo dejaron sin sentido, y luego llegaron los dos traficantes de esclavos. Bern y Gavin. Sylvia los había llamado.

Y debieron de llegar justo después de secuestrar a P. J., se dijo Maggie. Qué chicos más fantásticos.

—Me dejaron sin conocimiento, entonces. Y luego Sylvia me inmovilizó con hechizos y puso en práctica sus pociones de la verdad en mí. No obtuvo demasiado, porque yo no poseía mucha información. No había ningún ejército de brujas de camino a invadir el Reino Oscuro... justo ahora, desearía que así fuera. Y ella ya sabía que yo iba a ver a Delos.

Aradia volvió a suspirar y finalizó rápidamente:

—La poción de la verdad me envenenó, de modo que deliré durante los días siguientes. No conseguía comprender realmente lo que sucedía a mi alrededor... Tan sólo perdía y recuperaba el conocimiento. Sabía que me tenían encerrada en un almacén hasta que el tiempo mejorara lo suficiente para llevarme al valle. Y sabía que ya se habían ocupado de Miles; Sylvia mencionó eso antes de dejarme en el almacén. Pero no supe qué había hecho con él... y sigo sin saberlo.

Maggie tragó saliva; su corazón golpeaba aún de aquel modo lento y pesado.

—Lo que no comprendo —explicó Maggie— es por qué tenía que montar todo un escenario para explicar adónde fue él.

Dejó que unos guardabosques la encontraran en la montaña, y dijo que él había caído por una grieta. Pero si estaba muerto, ¿por qué no dejar que simplemente desapareciera?

—Creo que conozco la respuesta a eso, al menos —dijo Aradia—. Cuando Miles intentaba defenderse de ellos dijo que sus compañeros de departamento sabían que había ido a escalar con ella. Dijo que si no regresaba, ellos lo recordarían.

Sí. Tenía sentido. Todo tenía sentido... excepto que Maggie aún no sabía qué había sido de él.

Hubo un largo silencio.

—Bueno, fue valiente —dijo Jeanne finalmente, y con inesperada seriedad—. Si murió, se fue del modo correcto. Nosotras simplemente deberíamos esperar poder hacer lo mismo.

Maggie le dirigió una ojeada, intentando leer sus angulosas facciones en la oscuridad. No había ni rastro de burla o sarcasmo que pudiera ver.

Bueno, Cady se ha transformado en Aradia, la Doncella de todas las brujas, y yo me he transformado en la Libertadora..., aunque no es que lo haya hecho muy bien hasta ahora, pensó. *Pero creo que a lo mejor tú eres la que ha cambiado más después de todo, Jeanne...*

—¿Sabes?, ni siquiera sé tu apellido —le dijo a Jeanne, tan abruptamente y tan fuera de contexto que Jeanne se irguió levemente, sobresaltada.

—Esto... McCartney. Era... es... McCartney —añadió—: Tenía catorce años cuando me atraparon. Estaba en el centro comercial jugando en el salón recreativo. Fui al lavabo que estaba al final de un largo pasillo vacío, y lo siguiente que supe fue que despertaba en la carreta de un traficante de esclavos. Y ahora ya lo sabes todo —dijo.

Maggie extendió una mano en la penumbra.

—Hola, Jeanne McCartney.

Sintió la fría sujeción de unos dedos delgados y encallecidos, y estrechó la mano de Jeanne. Y luego se limitó a seguir sujetándola, y sujetando los dedos suaves y cálidos de Aradia en el otro lado. Las tres permanecieron sentadas juntas en la oscura celda, esclava, humana y Doncella bruja; excepto que en realidad eran simplemente muchachas, se dijo Maggie.

—No me has contado una cosa —dijo Maggie de pronto—. ¿Cómo te llamaron cuando empezaste a trabajar aquí? ¿Cuál era tu trabajo?

Jeanne lanzó un bufido.

—Segunda Ayudante de Barrendero de Establos. Y ahora sí lo sabes todo.

Maggie no creía que pudiese en modo alguno dormir en un lugar como aquél, pero, después de que las tres hubiesen estado sentadas en silencio durante un largo rato, descubrió que dormitaba. Y cuando el traqueteo de la puerta de la mazmorra la sobresaltó, comprendió que se había quedado dormida.

No tenía ni idea de qué hora era; la antorcha ardía débilmente. Percibió cómo Aradia y Jeanne despertaban junto a ella.

—¿La cena? —rezongó Jeanne.

—Sólo espero que no sea P. J... —empezó a decir Maggie, y entonces se interrumpió cuando unos pasos firmes y decididos resonaron en el suelo de piedra del corredor.

Reconoció la zancada y se levantó para recibir a Delos.

Éste se detuvo fuera de la celda, con la agonizante luz de la antorcha titilando en los oscuros cabellos, atrapando algún que otro destello surgido de los dorados ojos. Estaba solo.

Y no perdió tiempo en ir al grano.

—He venido a comprobar si has decidido ser razonable —dijo.

—He sido razonable desde el principio —repuso Maggie con calma y totalmente en serio.

Le escudriñaba el rostro y el tenue vínculo que percibía entre sus mentes a aquella distancia, con la esperanza de hallar algún cambio en el joven. Pero aunque percibió una agitación que era casi angustia, también sintió lo férrea que era su determinación.

No permitiré que te maten. Es lo único que importa.

Maggie sintió cómo se le hundían los hombros.

Se volvió levemente. Aradia y Jeanne seguían sentadas en el banco. Aradia, inmóvil, Jeanne, enroscada y recelosa. Pero pudo darse cuenta de que ambas consideraban que aquella pelea debía librarla ella.

Y tienen toda la razón. Si yo no puedo hacerlo, nadie puede... Pero ¿cómo?

—Ellas también son personas —dijo, haciendo un ademán en dirección a las otras muchachas, pero vigilando el rostro de Delos—. No sé cómo conseguir que lo comprendas. Ellas también importan.

Él apenas si les dedicó una mirada.

—En la época de oscuridad que se avecina —dijo, tan cuidadosamente como si recitara una lección—, únicamente los miembros del Night World sobrevivirán. Los antiguos poderes de la magia se están alzando. Han estado dormidos diez mil años, pero están despertando otra vez.

Una voz baja, no belicosa, pero tampoco asustada, surgió del fondo de la celda.

—Algunas de nosotras creemos que los humanos pueden aprender a vivir con la magia.

—Algunas de ustedes son unas idiotas y unas estúpidas que van a morir —replicó Delos sin siquiera mirarla.

Clavó los ojos en Maggie, y ella le devolvió la mirada. Cada uno deseaba hacer comprender su verdad al otro con todas las fuerzas a su alcance.

Y creo que él tiene una fuerza de voluntad mayor, pensó Maggie, a la vez que rompía el contacto visual y desviaba la mirada, golpeando la base de la apretada mano contra la frente.

No. Eso no es cierto. Soy Neely la Dura y jamás me rindo.

Si le digo que hay algunas cosas por las que vale la pena morir...

Pero no creo que él tema morir. Lo único que siente es miedo por mí. Y no va a escuchar si digo que prefiero morir antes que ver que suceden ciertas cosas. Pero es la verdad. Hay algunas cosas que una simplemente no puede permitir que sucedan, cueste lo que cueste. Hay algunas cosas a las que sencillamente se tiene que poner fin.

Se quedó paralizada, y la celda pareció desaparecer a su alrededor.

Veía, mentalmente, una pequeña carreta igual de oscura e incómoda. Y su propia voz decía: «Jeanne, esto tiene que acabar».

Se sintió de pronto muy mareada y se volvió en dirección al banco.

—¿Jeanne? Acércate aquí.

Jeanne se irguió y fue hasta allí con actitud recelosa. Miró a Maggie a la cara.

Maggie la miró y luego miró a Delos.

—Ahora muéstrale —dijo con una voz que era como su propia voz, pero con más edad y mucho más adusta— lo que los miembros del Night World hacen a los esclavos que intentan escapar. Como me lo mostraste a mí.

El semblante de Jeanne era inescrutable. Siguió mirando con fijeza a Maggie por un momento, luego enarcó las cejas y se dio la vuelta.

Llevaba puesta la misma túnica de esclava que había llevado los últimos cuatro días. La alzó del mismo modo y mostró a Delos la espalda.

Él echó una mirada y retrocedió tambaleante como si le hubiese golpeado.

Maggie estaba preparada, pero incluso así la violenta reacción producto de la impresión y el horror experimentados por el muchacho estuvo a punto de poder con ella. Aferró con fuerza los barrotes de hierro de la celda y aguardó a que pasara, con los dientes apretados mientras su visión iba del negro al rojo y luego a algo parecido al gris normal.

—¿Quién te hizo esto? —consiguió por fin decir Delos, con una voz parecida al cristal triturado y mostrando una palidez sepulcral, a excepción de los ojos que parecían negros en contraste—. ¿Quién?

Jeanne soltó la túnica.

—Pensaba que no te importaba la chusma.

Y se alejó sin responderle, dejándolo sin habla.

Maggie la observó sentarse, luego se volvió de nuevo.

—Hay que poner fin a algunas cosas —dijo a Delos—. ¿Te das cuenta de a qué me refiero? Algunas cosas sencillamente no pueden continuar así.

Y a continuación aguardó.

Sabía que él desconocía que sucedían esta clase de cosas, pensó, sintiéndose vagamente contenta pero muy cansada, triste y distante. *A veces es bueno quitarse la venda de los ojos.*

El silencio se alargó interminablemente.

Delos seguía mirando fijamente a Jeanne. En algún momento se había pasado la mano por los cabellos; los tenía alborotados y cayéndole sobre la frente. La piel del rostro parecía estar tensada al máximo y los ojos eran como oro ardiente.

Daba la impresión de hallarse totalmente desorientado, y no saber ya en qué confiar.

Y entonces miró a Maggie.

Ella seguía allí de pie, aguardando y observando. Los ojos de ambos se encontraron y la joven comprendió que nunca lo había visto tan vulnerable... ni tan desprotegido.

Pero si había una cosa que el príncipe Delos poseía era determinación. Tras otro momento de indefensión, lo vio cuadrar los hombros y erguirse.

Y, como de costumbre, fue directamente al grano.

—Tienes razón —dijo con sencillez—. Y yo estaba equivocado. Hay algunas cosas a las que hay que poner fin.

Maggie se recostó en los barrotes y sonrió.

—Traeré la llave —dijo, y luego prosiguió, planeando en tono eficiente—: Al menos las quiero a las tres fuera del castillo, antes de que me enfrente a Hunter.

—No puedes hacerlo solo —empezó a decir Maggie, que debería haber sabido que él empezaría inmediatamente a organizar otra vez la vida de todo el mundo—. Y menos con tu poder bloqueado...

—No hay ningún motivo para que corran más peligro del que tengan que correr —repuso él—. Las enviaré afuera con algunos de los míos en los que se puede confiar...

—Me temo que eso no será posible —dijo una voz desde el corredor.

Maggie experimentó una terrible sacudida. Todos estaban muy cansados, y absortos en el momento, y ninguno de ellos había visto la figura hasta que se encontró casi justo detrás de Delos.

Hunter Redfern estaba allí de pie sonriente. Sylvia estaba detrás de él. Y tras ellos, apelotonados, había guardias armados.

—Hemos tenido que deshacernos de los pocos idiotas que insistían en seguir siendo leales a ti —contó Hunter en tono afable, y los ojos le brillaban igual que el oro más puro—. El castillo está ahora bajo nuestro control. Pero sigan adelante con sus planes, es encantador oír cómo intentan salvarse el uno al otro.

—Y no sirve de nada intentar fingir —añadió Sylvia con rencor—. Lo hemos oído todo. Sabíamos que no se podía confiar en ti, así que te permitimos bajar aquí a propósito, para ver qué dirías.

Para ser alguien que había conocido a Delos durante un

tiempo, la joven no parecía comprenderlo muy bien, se dijo Maggie. Maggie podría haberle dicho que fingir era la última cosa que se le ocurriría a Delos. En su lugar, éste hizo lo que Maggie sabía que haría; se lanzó a la garganta de Hunter Redfern.

Delos era joven y fuerte y estaba muy enfadado... pero el resultado estaba cantado. Después de que Sylvia profiriera un grito agudo y retrocediera, todos los guardias acudieron en ayuda de Hunter. Después de eso todo acabó muy de prisa.

—Enciérrenlo con sus amigas —dijo Hunter, pasándose las manos por las mangas para limpiarlas—. Es una auténtica lástima ver a mi único heredero vivo llegar a esto —añadió, una vez que hubieron pateado y arrojado a Delos a la celda.

Por un momento hubo aquella nota de sentimiento genuino en su voz que Maggie había oído antes, pero luego sus ojos dorados se tornaron fríos y más resentidos que nunca.

—Me parece que mañana por la mañana celebraremos una cacería muy especial —anunció—. Y luego sólo habrá tres Poderes Salvajes de los que preocuparse.

En esta ocasión, cuando los guardias se marcharon, se llevaron todas las antorchas con ellos.

—Lo siento —musitó Maggie, intentando inspeccionar los moretones de Delos sólo mediante el tacto—. Delos, lo siento... no sabía...

—No importa —dijo él, cogiéndole las manos—. Habría acabado por suceder de todos modos.

—Para ser un vampiro, no has opuesto demasiada resistencia. —La voz de Jeanne les llegó desde el fondo de la celda.

Maggie frunció el entrecejo, pero Delos se volvió hacia ella y habló sin ponerse a la defensiva.

—Esa bruja ha confinado totalmente el fuego azul al poner este hechizo en mi brazo —dijo—. Ha anulado todos mis poderes de vampiro. En esencia soy un humano hasta que lo retire.

217

—¿Aradia? —inquirió Maggie—. ¿Puedes hacer algo? Quiero decir, sé que se supone que sólo Sylvia puede retirar el hechizo, pero...

Aradia se arrodilló junto a ellos, elegantemente en la oscuridad. Tocó el brazo de Delos con delicadeza, luego suspiró.

—Lo siento —dijo—. Incluso aunque dispusiera de todo mi poder, no hay nada que se pueda hacer.

Maggie soltó el aliento que contenía.

—Ésa es la única cosa que lamento —dijo Delos—. Que no puedo salvarte.

—Tienes que dejar de pensar en eso —susurró Maggie.

Estaba llena de una extraña resignación. No era que se diese por vencida. Pero estaba muy cansada, física y emocionalmente, y no había nada que pudiese hacer justo en aquel momento...

Y tal vez nunca jamás, pensó nebulosamente. Notó que algo la sostenía y comprendió que era el brazo de Delos, y se recostó en el muchacho, contenta de sentir su calidez y solidez en la oscuridad. Le proporcionaba un consuelo tremendo el simple hecho de que él la sostuviera.

En ocasiones simplemente haber peleado es importante, pensó. *Incluso aunque no ganes.*

Los párpados le pesaban terriblemente y era una sensación del todo maravillosa cerrarlos, sólo por un momento.

Sólo despertó una vez durante la noche, y fue debido a Delos. Pudo percibir algo en él... algo en su mente. Parecía estar dormido, pero muy lejos, y estar muy agitado.

¿Pronunciaba mi nombre?, se preguntó. *Me pareció oír que...*

Ahora él se revolvía y murmuraba. Maggie se inclinó muy cerca y captó unas pocas palabras.

—Te amo... te amaba... siempre recuerda eso...

—¡Delos! —Lo zarandeó—. Delos, ¿qué estás haciendo?

Él despertó con un sobresalto.

—Nada.

Pero ella lo sabía. Recordaba aquellas palabras; las había oído antes de conocer realmente a Delos en la montaña.

—Era mi sueño. Estabas... retrocediendo en el tiempo de algún modo, ¿verdad? Y dándome ese sueño que tuve, advirtiéndome para que saliera de este valle. —Frunció el entrecejo—. Pero ¿cómo puedes hacerlo? Pensaba que no podías utilizar tus poderes.

—No creo que eso precisara de poderes de vampiro —repuso él, sonando casi culpable—. Era más... creo que era simplemente el vínculo entre nosotros. Ese asunto del alma gemela. Ni siquiera sé cómo lo hice. Simplemente... me dormí y empecé a soñar con el tú del pasado. Fue como si te estuviese buscando... y entonces te encontré. Efectué la conexión. No sé si esa clase de viaje en el tiempo se ha hecho alguna vez.

Maggie movió la cabeza.

—Pero tú ya sabes que no funcionó. El sueño no ha cambiado nada. No me fui en cuanto desperté en la carreta, porque estoy aquí. Y si me hubiera ido, jamás te habría conocido, y entonces no habrías enviado el sueño...

—Lo sé —dijo, y su voz era cansada y un poco acongojada, y él pareció muy joven, justo en aquel momento—. Pero valía la pena probar.

19

—La cacería de sus vidas —dijo Hunter Redfern.

Estaba de pie, apuesto y erguido; sonreía con desenvoltura. Los nobles estaban reunidos a su alrededor, y Maggie incluso vio algunos rostros familiares entre la multitud.

El hombre de aspecto tosco de los recuerdos de Delos... el que le agarraba el brazo, pensó vagamente. Y la mujer que colocó el primer hechizo de contención en él.

Estaban apelotonados en el patio con rostros ansiosos. La primera luz pálida tocaba apenas el cielo... aunque eso no significaba que el sol fuese visible, desde luego. Pero era suficiente para dar un tono nacarado a las nubes y proyectar una luminiscencia misteriosa, casi verdosa, sobre la escena que se desarrollaba debajo.

—Dos humanas, una bruja y un príncipe renegado —proclamó Hunter, quien, Maggie pudo advertirlo, estaba disfrutando enormemente—. Jamás tendrán otra oportunidad de conseguir presas de este calibre.

Maggie sujetó la mano de Delos con fuerza.

Estaba asustada pero al mismo tiempo extrañamente orgullosa. Si los nobles que rodeaban a Hunter esperaban que la presa se amilanara o suplicara, iban a sentirse desilusionados.

Estaban solos, ellos cuatro, en un pequeño espacio vacío de la plaza. Maggie, Aradia y Jeanne con sus ropas de esclavas, Delos con sus calzas y en mangas de camisa. Soplaba un leve viento y agitaba los cabellos de Maggie, pero aparte de eso estaban totalmente inmóviles.

Aradia, desde luego, siempre tenía un aspecto majestuoso. En aquellos instantes mostraba un semblante solemne y triste, pero no había señal de cólera o miedo en él. Permanecía en pie en toda su estatura, con los enormes ojos límpidos vueltos hacia la multitud, como si todos fueran huéspedes bienvenidos a los que hubiera invitado.

Jeanne aparecía más desaliñada. Los cabellos rojos estaban alborotados y la túnica estaba arrugada, pero había una sonrisa torva en el rostro anguloso y una salvaje luz batalladora en los ojos verdes. Era una presa que iba a pelear, Maggie lo sabía.

La misma Maggie hacía todo lo posible por estar a la altura de las demás. Permanecía tan erguida como podía, sabiendo que nunca conseguiría resultar tan imponente como Aradia, o tan osada como Jeanne, pero intentaba al menos dar la impresión de que morir le sentaba bien.

Delos estaba espléndido.

En mangas de camisa, tenía más aspecto de príncipe de lo que Hunter Redfern podría tener jamás. Contemplaba a la multitud de nobles que le habían prometido serle leales y que ahora estaban sedientos de su sangre... y ello no lo sacaba de quicio.

Intentó hablarles.

—Contemplen lo que sucede aquí —dijo, y su voz se oyó perfectamente por toda la plaza—. Y no lo olviden. ¿Realmente van a seguir a un hombre capaz de hacerle esto a su propio bisnieto? ¿Cuánto tiempo pasará antes de que se vuelva en su contra? ¿Antes de que se encuentren frente a una jauría de animales de caza?

—Háganlo callar —ordenó Hunter.

Intentó decirlo con jovialidad, pero Maggie pudo oír la furia soterrada que había en sus palabras.

Y la orden no parecía tener mucho sentido. Maggie pudo ver cómo los nobles intercambiaban miradas... ¿quién se suponía que tenía que hacerlo callar, y cómo?

—Hay algunas cosas a las que hay que poner fin —dijo Delos—. Y este hombre es una de ellas. Lo admito, estaba dispuesto a secundarlo; pero eso fue porque estaba ciego y era un estúpido. Ahora sé lo que se debe hacer... y lo sabía antes de que él se volviera contra mí. Todos me conocen. ¿Estaría yo aquí de pie, dispuesto a entregar mi vida sin motivo?

Hubo un movimiento casi imperceptible entre los nobles.

Maggie los miró esperanzada... y entonces se le cayó el alma a los pies.

Simplemente no estaban acostumbrados a pensar por sí mismos, o a lo mejor estaban acostumbrados a pensar sólo en sí mismos. Pero pudo darse cuenta de que allí no había material para una rebelión.

Y los esclavos no iban a ser de ninguna ayuda tampoco. Los guardias tenían armas, pero ellos no. Estaban asustados, se sentían desdichados, pero aquella clase de cacería era algo que habían visto antes y sabían que no se podía detener.

—Esta muchacha vino en paz a nosotros, intentando mantener la alianza entre brujas y vampiros —explicaba Delos, con la mano en el hombro de Aradia—. Y a cambio intentamos matarla. Les aseguro que, derramando su sangre inocente, todos están cometiendo un crimen que los perseguirá toda la eternidad.

Hubo otro leve movimiento... entre mujeres, se dijo Maggie. ¿Brujas, tal vez?

—Háganlo callar —dijo Hunter, casi a voz en cuello.

Y esta vez parecía decírselo a una persona concreta. Maggie siguió su mirada y vio a Sylvia cerca de ellos.

—A algunas bestias hay que ponerles un bozal antes de que se las pueda cazar —siguió Hunter, mirando directamente a Sylvia—. Así que ocúpate de ello ahora. La cacería está a punto de dar comienzo.

Sylvia se acercó más a Delos, con una cierta inquietud. Él le devolvió la mirada desapasionadamente, como retándola a preguntarse qué haría él cuando ella estuviese más cerca.

—¡Guardias! —llamó Hunter Redfern, con una voz que sonó cansada.

Los guardias tomaron posiciones. Tenían dos clases distintas de lanzas, advirtió una parte remota de la mente de Maggie. Una tenía la punta de metal (ésa debía de ser para humanos y brujas) y la otra la tenía de madera.

Para vampiros, pensó. Si Delos no tenía cuidado, podría acabar con el corazón ensartado antes de que empezara la cacería.

—Ahora ciérrale esa boca mentirosa —ordenó Hunter Redfern.

Sylvia se quitó el cesto del brazo.

—En el nuevo orden después del milenio, tendremos cacerías como ésta cada día —empezó a decir Hunter Redfern, intentando enmendar el daño que había hecho su bisnieto—. Cada uno de nosotros tendrá una ciudad de humanos donde cazar. Una ciudad de gargantas que cortar, una ciudad de carne que devorar.

Sylvia rebuscaba en su cesto, sin miedo de estar cerca del príncipe vampiro ya que éste se hallaba rodeado de un bosque de lanzas.

—Sylvia —dijo Aradia en voz baja.

Sylvia alzó la mirada, sobresaltada. Maggie le vio los ojos, que eran del color de las violetas.

—Cada uno de nosotros será un príncipe... —decía Hunter Redfern.

—Sylvia Weald —dijo Aradia.

Sylvia bajó los ojos.

—No me hables —susurró—. No eres... ya no soy una de ustedes.

—Todo lo que tienen que hacer es seguirme —seguía diciendo Hunter.

—Sylvia Weald —dijo Aradia—. Naciste bruja. Tu nombre significa el bosque frondoso, la arboleda sagrada. Eres una hija de Hellewise, y lo serás hasta que mueras. Eres mi hermana.

—No lo soy —escupió Sylvia.

—No puedes evitarlo. Nada puede romper el vínculo. Lo sabes en lo más profundo de tu corazón. Y como Doncella de todas las brujas, y en el nombre de Hellewise la Mujer del Hogar, te lo ordeno: retira tu hechizo de este muchacho.

Fue de lo más extraño, pero no pareció que fuese Aradia quien lo decía. Era la voz de Aradia, por supuesto, se dijo Maggie, y era Aradia la que estaba allí de pie. Pero en aquel momento ésta parecía estar fusionada con otra forma: con una especie de aura reluciente que la rodeaba por completo. Alguien que era parte de ella, pero más de lo que lo era ella.

Parecía, pensó Maggie aturdidamente, una mujer alta con el pelo tan pálido como el de Sylvia y grandes ojos castaños.

Sylvia lanzó un grito ahogado.

—Hellewise... —Sus propios ojos violeta estaban muy abiertos y asustados.

Entonces simplemente se quedó allí paralizada.

Hunter seguía despotricando. Maggie podía oírlo vagamente, pero todo lo que veía era a Sylvia, los estremecimientos que recorrían el cuerpo de Sylvia, la respiración agitada de Sylvia.

Apela a sus auténticos corazones, pensó Maggie.

—Sylvia —dijo—. Creo en ti.

Los ojos violeta se volvieron hacia ella, asombrados.

—No me importa qué le hiciste a Miles —dijo Maggie—. Sé que estabas confundida... Sé que te sentías desdichada. Pero ahora tienes una oportunidad de compensarlo. Puedes hacer algo... algo importante aquí. Algo que cambiará el mundo.

—Ríos de sangre —bramaba Hunter—. Y sin nadie que nos pare. No nos detendremos tras esclavizar a los humanos. Las brujas son nuestras enemigas ahora. ¡Piensen en el poder que sentirán cuando se beban sus vidas!

—Si permites que se mate a este Poder Salvaje, serás responsable del advenimiento de la oscuridad —dijo Maggie—. Únicamente tú. Porque tú eres la única que puede detenerlo en estos momentos.

Sylvia se llevó una mano temblorosa a la mejilla. Parecía como si estuviera a punto de desmayarse.

—¿Realmente quieres pasar a la historia como la que destruyó el mundo? —preguntó Maggie.

—Como Doncella de todas las brujas... —dijo Aradia.

Y otra voz más profunda pareció seguir a la suya como un eco: *Como Madre de todas las brujas...*

—Y en el nombre de Hellewise...

Y en el nombre de mis hijas...

—Puesto que eres una Mujer del Hogar...

Puesto que eres mi propia hija, una auténtica Mujer del Hogar...

—¡Yo te lo ordeno! —dijo Aradia, y su voz resonó en tonos dobles con tal claridad que consiguió que Hunter se detuviera en mitad de su invectiva.

Detuvo a todo el mundo. Por un momento no hubo ni un solo sonido en el patio. Todo el mundo miraba a su alrededor para ver de dónde había surgido la voz.

Sylvia sencillamente tenía la vista clavada en Aradia.

Entonces sus ojos color violeta se cerraron y todo su cuerpo se estremeció con un suspiro.

Cuando habló lo hizo en un susurro apenas audible, y sólo alguien que estuviese tan cerca como lo estaba Maggie podría haberla oído.

—Como hija de Hellewise, obedezco.

Y a continuación empezó a alargar la mano para tomar el brazo de Delos, y Delos empezó a alargar el brazo hacia ella. Y Hunter empezó a gritar como loco, pero Maggie no conseguía comprender las palabras, como tampoco conseguía comprender las palabras de Sylvia, pero vio que ésta movía los labios, y vio cómo los delgados dedos sujetaban con firmeza la muñeca de Delos.

Y vio venir la lanza justo antes de que atravesara el corazón de Sylvia.

Entonces, como si todo volviera a enfocarse de golpe, comprendió lo que Hunter había estado gritando con una voz tan distorsionada que apenas era reconocible.

—¡Mátenla! ¡Mátenla!

Y eso era justo lo que habían hecho, pensó Maggie, con la mente curiosamente clara, incluso al mismo tiempo que el horror y la compasión parecían envolverle el cuerpo. La lanza atravesó totalmente a Sylvia. La derribó hacia atrás, lejos de Delos, y la sangre brotó a chorros por toda la parte delantera del hermoso vestido verde de la joven.

Y Sylvia miró en dirección a Hunter Redfern y sonrió. Esta vez Maggie pudo leer las palabras en sus labios.

—Demasiado tarde.

Delos se volvió. Tenía sangre roja sobre la camisa blanca; la suya propia, comprendió Maggie. El joven había intentado interponerse en el camino del guardia que iba a matar a Sylvia. Pero ahora sólo tenía ojos para su bisabuelo.

—¡Esto acaba aquí!

Maggie había visto el fuego azul antes, pero nunca de aquel modo. La ráfaga fue como una explosión nuclear. Cayó en el lugar donde Hunter Redfern estaba de pie con sus nobles más leales a su alrededor, y luego salió disparada hacia arriba, al interior del cielo, en una columna de color azul eléctrico. Y siguió y siguió, del cielo a la tierra y vuelta a empezar, como si el sol estuviese cayendo frente al castillo.

20

Maggie sostuvo a Sylvia con delicadeza. O al menos, se arrodilló junto a ella e intentó sostenerla del mejor modo que pudo sin mover el pedazo roto de lanza que seguía alojado en el cuerpo de la joven.

Todo había terminado. En el lugar que habían ocupado Hunter Redfern y sus nobles de más confianza, había un gran cráter chamuscado en la tierra. Maggie recordó vagamente ver a unas cuantas personas corriendo en dirección a las colinas; Gavin el traficante de esclavos se encontraba entre ellas. Pero Hunter no había podido escapar; estaba en la zona cero cuando el fuego azul había atacado, y ahora no quedaba de él ni siquiera un mechón de pelo rojo para demostrar que había existido.

A excepción de Delos, no quedaba ni un solo miembro del Night World en el patio.

Los esclavos empezaban a asomar otra vez desde sus cabañas.

—¡No pasa nada! —gritaba Jeanne—. Sí, ya me han oído: ¡no pasa nada! Delos no es peligroso. No para nosotros, al menos. Vamos, tú, sal de ahí... ¿qué haces escondiéndote detrás de ese cerdo?

—Es buena en esto —murmuró una voz adusta.

Maggie alzó los ojos y vio una figura alta y enjuta, con una jovencita menuda aferrada a su costado.

—¡Lavandera! —dijo—. Oh, y P. J.; me alegro tanto de que estén bien. Pero, Lavandera, por favor...

La sanadora se arrodilló. Pero al mismo tiempo que lo hacía, una mirada pasó entre ella y Sylvia. El rostro de Sylvia era de un extraño color terroso, con sombras que parecían cardenales bajo los ojos. Había un poco de sangre en la comisura de la boca.

—No hay nada que hacer —dijo la herida con voz apagada.

—Tiene razón —repuso Lavandera con rotundidad—. No hay nada que puedas hacer para ayudar a ésta, Libertadora, y nada que pueda hacer yo, tampoco.

—No soy la Libertadora de nadie —dijo Maggie, y le escocieron lágrimas en los ojos.

—Pues me has engañado bien —dijo Lavandera, y volvió a levantarse—. Te veo aquí sentada, y veo a todos los esclavos allí, libres. Viniste y sucedió; las profecías se cumplieron. Si tú no lo has hecho, ha sido todo una extraña coincidencia.

La mirada de sus ojos oscuros, aunque tan poco sentimental como siempre, hizo que a Maggie le ardieran las mejillas de repente. Volvió a bajar los ojos hacia Sylvia.

—Pero es ella la que nos ha salvado —dijo, sin ser apenas consciente de que hablaba en voz alta—. Merece alguna clase de dignidad...

—Ella no es la única que nos ha salvado —dijo una voz en tono sosegado, y Maggie alzó los ojos hacia Delos, con gratitud.

—No, tú también lo has hecho.

—No es eso a lo que me refería —dijo él, y se arrodilló donde lo había hecho Lavandera.

Una de sus manos tocó levemente el hombro de Maggie, pero la otra fue hasta el de Sylvia.

—Sólo hay una cosa que puedo hacer para ayudarte, Sylvia —dijo—. ¿Quieres que lo haga?

—¿Convertirme en vampira? —La cabeza de Sylvia se movió levemente en una negativa—. No. Y puesto que hay madera alojada junto a mi corazón en este instante, no creo que funcionara de todos modos.

Maggie tragó saliva y miró la lanza, que se había quebrado en la confusión cuando los guardias huyeron.

—Podríamos sacarla...

—No sobreviviría a ello. Date por vencida por una vez, ¿quieres?

La cabeza de Sylvia se movió levemente otra vez con indignación y Maggie tuvo que admirarla; incluso al morir, todavía poseía la energía para mostrarse desagradable. Las brujas eran duras.

—Escucha —dijo Sylvia, mirándola con fijeza—. Hay algo que quiero contarte. —Respiró penosamente—. Sobre tu hermano.

Maggie tragó saliva, preparada para oír los terribles detalles.

—Sí.

—Realmente me sacaba de quicio, ¿sabes? Me ponía mis ropas más bonitas, me peinaba, salíamos... y entonces se dedicaba a hablar de ti.

Maggie parpadeó, totalmente perpleja. No era en absoluto lo que había esperado.

—¿Lo hacía?

—Sobre su hermana. Lo valiente que era. Lo lista que era. Lo tenaz que era.

Maggie siguió pestañeando. Había oído a Miles acusarla de ser montones de cosas, pero jamás de ser lista. Sintió que volvían a escocerle los párpados y que se le hacía un doloroso nudo en la garganta.

—No podía soportar oír a nadie hablar mal de ti —decía Sylvia, y los ojos sombreados de morado se entornaron de repente, adquiriendo el color de la belladona—. Y te odié por eso. Pero él... él me caía bien.

La voz empezaba a volverse mucho más débil. Aradia se arrodilló a su otro lado y tocó el reluciente pelo plateado.

—No tienes mucho tiempo —dijo con calma, como efectuando una advertencia.

Los ojos de Sylvia parpadearon una vez, como para decir que comprendía, y luego los volvió hacia Maggie.

—Le conté a Delos que lo había matado —susurró—. Pero... mentí.

Maggie sintió cómo los ojos se le abrían de par en par. Luego, de repente, el corazón le empezó a latir con tanta violencia que todo su cuerpo se estremeció.

—¿No lo mataste? ¿Está vivo?

—Quería castigarlo... pero lo quería cerca de mí, también...

Maggie sintió una oleada de vértigo y se inclinó sobre Sylvia, intentando no aferrar los delgados hombros de la joven. Todo lo que podía ver era el rostro pálido de Sylvia.

—Por favor cuéntame qué hiciste —musitó con apasionada intensidad—. Por favor dímelo.

—Hice que... cambiara. —La voz musical era únicamente un murmullo distante ahora—. Lo convertí en un cambiante... y añadí un hechizo. De modo que no volviera a ser humano hasta que yo quisiera...

—¿Qué clase de hechizo? —instó Aradia con calma.

Sylvia emitió un sonido que fue como el más lejano de los suspiros.

—No es nada de lo que necesites ocuparte, Doncella... Simplemente quítale la cinta de cuero de la pata. Siempre será un cambiante... pero no lo habrás perdido...

De improviso la voz se alzó un poco más potente, y Maggie advirtió que los ojos amoratados la miraban con algo parecido a la antigua malicia de Sylvia.

—Eres tan lista... Estoy segura de que puedes averiguar qué animal...

Tras eso, un sonido extraño brotó de su garganta, uno que Maggie no había oído nunca antes, aunque, por alguna razón, supo sin que nadie se lo dijera que significaba que Sylvia se moría... en ese preciso instante.

El cuerpo dentro del vestido verde se arqueó hacia arriba una vez y se quedó quieto. La cabeza de Sylvia cayó hacia atrás. Los ojos, del color de las violetas empapadas de lágrimas, estaban abiertos, mirando al cielo, pero parecían extrañamente mates.

Aradia posó una delgada mano oscura sobre la pálida frente.

—Diosa de la Vida, acoge a esta hija de Hellewise —dijo con su voz queda y sin edad—. Guíala al otro mundo. —En un susurro, añadió—: Lleva con ella la bendición de todas las brujas.

Maggie alzó los ojos casi con miedo para ver si la figura resplandeciente que había rodeado a Aradia como una aura regresaba. Pero todo lo que vio fue el rostro hermoso de la muchacha, con la tersa tez color café con leche y la compasiva mirada de ojos ciegos.

Luego Aradia hizo descender la mano con suavidad para cerrar los ojos de Sylvia.

Maggie apretó los dientes, pero no sirvió de nada. Jadeó una vez, y luego de algún modo se encontró sollozando violentamente, incapaz de parar. Pero los brazos de Delos la rodeaban, y enterró el rostro en su cuello, y eso ayudó. Cuando recuperó el control de sí misma unos minutos más tarde, advirtió que en sus brazos sentía casi lo que había sentido en el sueño, aquella inexpresable sensación de paz y seguridad. De pertenecerle, por completo.

Mientras su alma gemela viviera, y estuviesen juntos, ella estaría bien.

Entonces reparó en que P. J. también estaba apretada contra

233

ella, y soltó a Delos para rodear con un brazo el pequeño cuerpo tembloroso.

—¿Estás bien, peque? —susurró.

P. J. sorbió por la nariz.

—Sí. Ahora sí. Todo esto daba mucho miedo, pero me alegro de que haya terminado.

—Y ¿sabes? —dijo Jeanne, contemplando a Sylvia con las manos en las caderas—, así es como quiero irme. Irme a mi modo... y enviando a volar a todo el mundo al final.

Maggie alzó los ojos, sobresaltada y sofocada por la emoción. Luego gorgoteó. A continuación sacudió la cabeza, y supo que el ataque de llanto había finalizado.

—Ni siquiera sé por qué actúo así respecto a ella. No era una persona agradable. Yo misma hubiera querido matarla.

—Era una persona —dijo Delos.

Lo que, decidió Maggie, era poco más o menos el mejor resumen que nadie podía proporcionar.

Advirtió que Jeanne, Lavandera y Delos la miraban atentamente, y que el rostro de Aradia estaba vuelto hacia ella.

—¿Bien? —inquirió Jeanne—. ¿Lo sabes? ¿Qué animal es tu hermano?

—¡Oh! —dijo Maggie—. Eso creo.

Miró a Delos.

—¿Sabes por casualidad qué significa el nombre Gavin? ¿Para un cambiante? ¿Significa halcón?

Los dorados ojos enmarcados por negras pestañas se encontraron con los de la joven.

—Halcón. Sí.

Una cálida sensación de regocijo embargó a Maggie.

—Entonces lo sé —dijo con sencillez y se puso en pie, y Delos la acompañó como si su lugar estuviese con ella—. ¿Cómo puedo encontrar el halcón que llevaba con ella aquel primer día que nos conocimos? ¿Cuando saliste con la partida de caza?

—Debería estar en el recinto destinado a ellos —respondió Delos.

Una multitud fascinada se congregó tras ellos mientras avanzaban. Maggie reconoció a Vieja Zurcidora, sonriendo y platicando, y a Remojadora, que ya no tenía cara de miedo, y a Vaciadora de Orinales...

—La verdad, chicas, es que tenemos que encontrarles nombres nuevos —murmuró—. ¿Pueden elegir uno o algo así?

La muchacha grandota de cara redonda y ojos tiernos le sonrió con timidez.

—Oí hablar de una noble llamada Hortensia en una ocasión...

—Ése está bien —dijo Maggie, tras una pausa levísima—. Sí, es estupendo. Quiero decir, en comparación.

Llegaron al lugar donde guardaban a los halcones, que era un cuarto pequeño y oscuro cerca del establo, con ganchos por todas las paredes. Los halcones estaban trastornados y aturdidos, y el aire estaba lleno de alas que se agitaban. A Maggie le parecieron todos iguales.

—Debería ser un pájaro nuevo —dijo Delos—. Creo que a lo mejor es ése. ¿Está el halconero aquí?

Mientras todo el mundo iba de acá para allá buscándolo, Jeanne se acercó poco a poco a Maggie.

—Lo que quiero saber es cómo lo sabes. ¿Cómo supiste siquiera que Gavin era un cambiante?

—No lo sabía; pero era un tanto lógico. Al fin y al cabo, Bern lo era. Ambos parecían tener la misma clase de sentidos. Y Aradia dijo que Sylvia se ocupó de Miles allá en su departamento, y tanto Bern como Gavin estaban allí. De modo que parecía natural que tal vez hiciera que uno de ellos le pasara la maldición a Miles.

—Pero ¿por qué te figuraste que Gavin era precisamente un halcón?

—No lo sé —repuso Maggie lentamente—. Simplemente... bueno, de alguna manera tenía el aspecto de uno. Así como delgado y dorado. Pero se debió a más cosas que sucedieron; huyó de Delos y llegó hasta la partida de caza demasiado de prisa para haberlo hecho por tierra. En realidad no pensé mucho en ello entonces, pero debe de haberse quedado grabado en el fondo de mi mente.

Jeanne le dedicó una mirada de soslayo con los ojos entornados.

—Con todo, sigue sin parecer suficiente.

—No..., pero más que nada, lo que sucede es que Miles tenía que ser un halcón. Tenía que ser algo pequeño; Sylvia no llevaría consigo un cerdo, un tigre o un oso montaña arriba. Y la vi con un halcón aquel primer día. Era algo que sí podía mantener cerca de ella, algo que podía controlar. Algo que era un... accesorio. Simplemente todo ello tenía sentido.

Jeanne emitió un sonido que pareció a un carraspeo.

—Sigo sin pensar que seas un científico espacial. Creo que tuviste suerte.

Maggie se volvió cuando la multitud trajo a un hombrecillo con un rostro enjuto y astuto: Halconero.

—Bueno, no lo sabemos aún —murmuró con fervor—. Pero desde luego que espero que así sea.

El hombrecillo sostuvo en alto una ave.

—Éste es el nuevo. Lady Sylvia dijo que no se le quitara nunca la cinta verde de la pata... pero tengo un cuchillo. ¿Quieres hacerlo?

Maggie contuvo la respiración e intentó mantener la mano firme mientras cortaba con cuidado la cinta de cuero verde esmeralda, pero los dedos le temblaban.

La atadura de cuero se soltó... y por un momento el corazón dejó de latirle, porque nada sucedía.

Y entonces lo vio. El ondulante cambio a medida que las

alas del ave se extendían y aumentaban en grosor y las plumas se fusionaban y se tornaban borrosas... y a continuación Halconero empezó a retroceder, y una forma humana comenzó a tomar forma...

Y entonces Miles apareció allí de pie, con los cabellos color castaño rojizo brillando como oro rojo y su hermosa sonrisa pícara.

La miró alzando los pulgares en señal de aprobación.

—¡Eh! Sabía que me rescatarías. ¿Para que sirven las hermanas pequeñas si no? —dijo... y a continuación ya abrazaba a Maggie.

Pareció transcurrir mucho tiempo hasta que todos los abrazos, llantos y explicaciones llegaron a su fin. Los esclavos, los ex esclavos, se corrigió Maggie, habían empezado a reunirse y a organizarse y a hacer planes. Delos y Aradia habían enviado a varios mensajeros fuera del valle.

Todavía quedaban cosas que resolver; cosas que llevarían meses y años. Y Maggie sabía que la vida jamás volvería a ser igual para ella; nunca sería una colegiala normal.

Su hermano era un cambiante; bueno al menos era una forma con la que podría disfrutar, pensó irónicamente. Éste le hablaba ya a Jeanne sobre un modo nuevo de alcanzar las cimas de las montañas... con alas.

Su alma gemela era un Poder Salvaje. Aradia ya le había contado lo que eso significaba, y significaba que tendrían que estar bajo la protección de las brujas y del Círculo del Amanecer hasta que llegara la época de la oscuridad y se necesitara a Delos, de modo que el Night World no los matara. E incluso si sobrevivían hasta la batalla final... iba a ser una batalla muy dura.

Además, ella misma había cambiado para siempre. Sentía

que les debía algo a las personas del valle, que todavía la llamaban la Libertadora, y tendría que intentar ayudarlos a adaptarse al mundo Exterior. Su destino seguiría entrelazado con el de aquellas personas toda la vida.

Pero en aquellos precisos momentos, en lo único que pensaba todo el mundo era en conseguir algo de comida.

—Entren en el castillo... todos ustedes —indicó sencillamente Delos.

Tomó el brazo de Maggie e inició la marcha hacia él. Justo entonces P. J. señaló el cielo, y de la multitud surgió un murmullo sobrecogido.

—¡El sol!

Era cierto. Maggie miró arriba y quedó deslumbrada. En el cielo sereno y nacarado del Reino Oscuro, justo en el lugar donde había relampagueado el fuego azul desde el suelo, había un pequeño claro en las nubes y el sol brillaba a través de él, ahuyentando la neblina y convirtiendo en verde esmeralda los árboles de las colinas circundantes.

Y se reflejaba en los elegantes muros del castillo como en un espejo.

Un lugar encantado, pensó Maggie, mirando a su alrededor maravillada. *Esto es realmente hermoso.*

Luego miró al muchacho que tenía al lado. Contempló los cabellos oscuros, en aquellos instantes sumamente alborotados, la tersa tez clara y la elegante estructura ósea. La boca, que seguía siendo un poco orgullosa y testaruda, pero sobre todo vulnerable.

Y miró aquellos intrépidos ojos de un amarillo refulgente, que la miraron a su vez como si ella fuese la cosa más importante del universo.

—Supongo que todas las profecías se cumplen por casualidad —dijo ella, despacio y en tono pensativo—. A partir de personas totalmente corrientes que lo intentan y tienen suerte.